Vous avez dit bizarre ?

Collectif d'auteurs

Vous avez dit Bizarre ?

Nouvelles

LiberEdition

Vous avez dit bizarre ?

http://www.liberedition.com/
ISBN : 978-2-493926-01-2

Le surprenant voyage

Philippe Botella

À Jéromine P.) :

Il est des bizarreries qui, pour étranges qu'elles soient, ne manquent pas d'interpeller et de faire réfléchir. Mais quand l'irrationnel fait parfois son apparition et vient subrepticement s'y glisser, il arrive alors que l'on ne sache plus où sont les frontières, et surtout, si on se trouve en deçà ou au-delà. C'est là que Dame Vérité prend un sacré coup dans l'aile.

Ce jour-là, j'avais sans doute trop travaillé, ou sinon trop, du moins trop longtemps. J'avais consacré la journée au travail administratif qui s'impose régulièrement quand on est homme de terrain. J'avais donc pris possession de mon bureau, en dessous de mon logement, dès 07h30 et, sauf deux pauses d'un quart d'heure, y avait œuvré non-stop jusqu'aux environs de 21h passée.

Avant de remonter et pour me détendre un peu en regardant mon ordinateur d'un autre œil, je décidai de « parcourir » quelques instants le monde avec un de ces sites de vision satellitaire zoomée.

Je décidai de commencer mon voyage en survolant le Sahara, puis la chaîne de l'Everest, fis un saut en Polynésie, m'attardai un instant sur la Cordillère Andine, puis pénétrai en Amazonie. Je parcourrai la forêt en descendant en zoom avant, devinant là, un cours d'eau serpentant, là des villages, là des clairières. Je fis plusieurs zooms avant et arrière sur une clairière à la forme particulière, on eut dit une poire, puis en repartis, pour en revenir quasi immédiatement, ne sachant pourquoi. J'ai fait cela un certain nombre de fois, toujours sans savoir pourquoi je semblai disposé à arrêter là mon petit périple.

J'essayai alors de me rapprocher au maximum de la clairière, sachant très bien que je n'aurai aucune vue de pied, aucune caméra n'étant venue ici pour photographier en panorama circulaire, comme dans les villes. Évidemment, au plus près, la vision se flouta sur l'écran. À ce moment précis, je ne pus plus ni zoomer, ni dé-zoomer. L'écran était comme figé. Soudain, à ma grande surprise, je vis les arbres du sol ! Il me semblait que j'avais pénétré dans l'image, comme dans ces histoires que l'on raconte aux enfants pour qu'ils s'endorment où le peintre se retrouve au cœur de son tableau. J'étais, non plus spectateur, mais acteur dans l'image. Je me baissai et pus toucher le sol. Je saisis une branche qui ploya sous ma main. C'était incroyable.

Je restai là un instant, ne sachant que penser, mais la nuit, qui tombe si vite sous ses latitudes, m'appela à plus de prudence : mais que fais-je donc ici ? Dans ce milieu inconnu qui peut à tout moment devenir hostile, où la moindre feuille peut abriter une mygale, où la moindre branchette peut, comme le bâton de Moïse, se transformer en serpent, venimeux, mortel qui plus est, où le moindre buisson peut cacher une femelle jaguar aux petits affamés, sans aucune connaissance des sentiers, des abris potentiels, sans armes, sans feu, sans eau, sans rien…

J'avisai une liane qui n'avait rien de reptilien et grimpai pour atteindre à quelques mètres du sol, une branche dont le départ sur le tronc m'avait paru suffisamment large pour pouvoir m'y asseoir, dos au tronc, m'apprêtant à passer une sacrée nuit !

La branche était bien choisie. À la jointure, une légère concavité tant de la branche que du tronc rendait la position sinon confortable, du moins pas trop inconfortable, ce qui était déjà ça, et permettait de s'y caler, éloignant toute crainte de chute.

Il faisait maintenant parfaitement noir sous cette couverture feuillue et les sons de la nuit, qui avaient depuis longtemps débuté leur vacarme que les poètes nomment concert, m'apparurent en toute leur clarté et en toute leur puissance. Je connaissais, du moins le croyais-je une partie de ces cris pour les avoir entendus... à la télévision... mais la différence, in situ, était impressionnante. J'arrivai cependant à m'assoupir un peu puis, après plusieurs réveils en sursaut, à m'endormir assez profondément pour ne pas m'apercevoir du jour naissant.

J'ouvris les yeux dans un silence contrastant et, instantanément, me sentis envahi de sensations de brûlure sur tout le corps. Je regardai ma main, elle était couverte de fourmis dont je me demandais si la couleur rougeâtre de leur abdomen n'avait pas un rapport direct avec mon propre sang. Il s'en fallut de peu qu'un réflexe malheureux ne me fasse chuter. Je descendis le plus vite que je pus, me souvenant qu'à quelque distance de là coulait un cours d'eau, sur la droite en regardant la partie de la clairière allant diminuant, « vers le pédoncule de la poire ».

Mais qu'il y a loin d'une vue satellitaire zoomée à la réalité du sol ! J'y parvins enfin, après plusieurs heures de marche, sur une sente étroite, mais qu'il me semblait aussi avoir repéré de « là-haut. Le cours d'eau... était une véritable rivière de plus de cent mètres de large qui dévalait avec un courant torrentiel. J'ôtai sans plus tarder mes vêtements et, m'assurant de rochers et d'embâcles pour éviter de me faire emporter par la force de l'eau, je me trempai longtemps. Suffisamment longtemps pour que la force du courant chasse mes hôtes indésirables et agressifs, et que la fraîcheur de l'eau apaise relativement mes brûlures.

Je ne me souviens pas combien de temps dura ce bain salvateur. Alors que je ressortais de l'eau me vint à l'esprit qu'heureusement la force du courant m'évita toute mauvaise rencontre, anacondas, caïmans, et surtout piranhas. J'y avais pénétré sans y songer, mais réalisais seulement maintenant que j'avais été assez imprudent.

Le séchage fut long, faute de soleil, car je n'étais plus dans la clairière, et je m'aperçus que tous mes hôtes n'étaient pas partis.

Certains pendaient encore à ma peau, morts cependant. J'essayai d'en arracher un, impossible. Un autre, de même. Sans doute leurs muscles tétanisés par la froideur de l'eau refusaient de céder. Peu importe, la douleur avait bien diminué, même si elle se faisant encore sentir.

Une fois sec, enfin, après avoir bien secoué mes vêtements et les avoir minutieusement observés et jugeant qu'il n'y avait rien à craindre, je me rhabillai et entamai la descente de la rivière, sachant qu'un village finirait bien par être rencontré. J'avais de l'eau, mais mon estomac commençait à se manifester. Mais que manger ? J'optai pour un fruit oblong qui poussait çà et là, mais son goût exécrable me le fit cracher en grande partie en éloignant de moi toute préoccupation alimentaire. Il me fallait arriver dans un village au plus tôt. J'y mis presque huit heures, guidé par des sons s'amplifiant depuis des heures, d'où peu à peu j'identifiai non sans une certaine inquiétude des chants mêlés d'incantations.

Tout le village était afféré à ces chants, ainsi qu'à des danses que j'aperçus seulement en m'approchant et, bizarrement, nul ne m'ayant repéré auparavant, mon arrivée les saisit un bref instant de stupeur. À moins qu'ils ne jouassent la comédie. Les chants et les danses cessèrent spontanément. Un lourd silence se fit, puis un jeune indien paré différemment des autres s'approcha. Je ressentais cependant une certaine sérénité, ce qui m'étonna fort, alors que des rictus qui étaient peut-être des sourires s'affichaient sur le visage de tous les habitants.

C'est alors que quelque chose d'incroyable se produisit : je ne parlais pas un mot de leur langue, ils ne connaissaient pas la mienne, et nous nous comprenions ! Je ne sais comment, mais nous nous comprenions ! Nous étions en quasi-transmission de pensées.

Il m'apprit qu'il était le fils du grand Chaman qui venait de rejoindre le monde des esprits, et que le village était en double peine, car tout en étant le Chaman successeur désigné, il ne pouvait accéder à ce rang que s'il accomplissait la dernière parole de son père assez hermétique jusqu'à ma venue : « il te faudra, avant tout, ôter toutes les décorations de l'homme aux jambes bleues ». Je comprenais le sens général, mais rien de plus si ce n'est que le village n'avait pas, pour l'heure, de Chaman, et qu'il était à la merci de tous les mauvais esprits et de tous leurs maléfices.

Ils ne me demandèrent rien. Moi non plus, me laissant porter par la suite des événements, comme un jouet dans les mains d'enfants inconnus. Ils me firent manger, boire, et m'aidèrent à m'étendre dans un hamac, dans une case vide où bientôt vient me rejoindre le fils du Chaman. Il tourna plusieurs fois sur lui-même, en poussant des incantations parfois douces, parfois menaçantes, mais rien de retirait ma sérénité. Il installa à côté de mon hamac, sur le sol, une natte, et posa dessus un pagne et je compris que demain, je m'en revêtirai. Je sombrai dans un sommeil agité, on le comprendra aisément, et, au réveil, me déshabillant, car je m'étais couché « dans mon jus », un détail frappa mon esprit : je portais un jean Denim !

Je revêtis le pagne, et sortis pour me rendre à la rivière. Après mes ablutions matinales, je m'assis sur une pierre et essayai de nouveau de me séparer de mes hôtes. Impossible. Allais-je donc être condamné à me les traîner toujours avec moi ? Ce qui me rassurait, c'est que toute douleur avait vraiment et totalement disparu. Cette fois, c'est moi qui ne les vis pas arriver. Mais ils étaient tous là, une bonne quarantaine d'Indiens, hommes, femmes, enfants, et même quelques singes et oiseaux apprivoisés, m'entourant, souriant, et me portant des fruits et une espèce de brouet âpre, mais que j'avalai sans crainte.

Le silence se fit et je vis s'approcher de moi le fils du Chaman, une sorte de petite coquille de noix dans sa main gauche, l'index de sa main droite ganté d'un doigt de peau, et tous s'éloignèrent en silence. Il trempa son doigt protégé dans la noix qui contenait une minuscule goutte d'un liquide verdâtre et, mon Dieu, si malodorant ! Il me regarda et je compris que je n'avais une nouvelle fois, rien à craindre. Il apposa son doigt sur une de mes bestioles qui ne tarda pas à tomber. Enfin ! J'allais en être libéré. Il était temps !

Je me trompais. Du moins, un peu. Il me regarda, et me dit en son langage inconnu, mais que je comprenais que le liquide était un poison très puissant, et qu'il ne fallait pas en absorber plus que le corps ne pouvait en éliminer dans le même temps, et que, de par ma constitution, mon corps ne l'éliminera pas rapidement. « J'en enlèverai, si tout va bien, une seule par jour. Ne t'éloigne pas du village. Couche-toi dans ton hamac à la moindre mauvaise sensation ».

Cette première ablation ne fut suivie d'aucune mauvaise sensation. J'étais plus solide qu'il le croyait, fanfaronnai-je. Je passai ma journée à observer mes nouveaux amis, toujours en m'abstenant de la moindre question, et cette discrétion, partagée, semblait des plus appréciées.

Après une nuit calme, précédée de la visite du fils du Chaman, je me levai en meilleure forme que la veille. C'était bon signe. Puis la rivière, les ablutions, les Indiens, et l'apposition du doigt ganté, trempé dans l'onguent, suivi instantanément de la chute d'une autre fourmi. « Va te coucher », m'ordonna-t-il. Je n'étais pas d'accord, mais pas question d'offenser en refusant d'obéir. Je ne tardai pas à être envahi de frissons, suivis de tremblements, alternant avec des sueurs froides qui me trempaient jusqu'aux os. Je sombrai bientôt dans un état semi-conscient. C'était donc vrai, cette histoire de poison et de faible constitution !

Les jours se suivaient désormais identiques, levers assez faciles, toilettes, l'onguent, la perte d'une fourmi, la fièvre et parfois des délires…. Mais toujours un état s'aggravant au point de rester inconscient sans doute, parfois, plusieurs jours, ce qui n'inquiétait pas pour autant mes amis indiens.

Un petit singe qui s'était attaché à moi fut retrouvé un jour raide mort. Il avait mangé une fourmi empoisonnée. J'en fus désolé. Mais le Chaman me dit que c'était dans l'ordre des choses : un grand singe (en l'occurrence moi) s'était attaqué à des insectes, il était normal qu'un insecte, même mort, venge ses frères, sur un autre singe. Il ne fallait ni s'en inquiéter ni en être triste.

Puis, un matin, j'étais bien. Il me restait encore quelques fourmis (encore trop), mais je me levai sans faiblesse. Après ma toilette, je fus surpris, car le fils du Chaman, dont je ne connaissais toujours pas le nom, tout comme personne ne connaissait le mien, s'approcha, mais cette fois sans les ustensiles qui m'étaient devenus familiers. Il m'invita tout simplement, semblant ne plus se préoccuper de mes fourmis, à me joindre à eux pour une petite expédition en forêt.

Nous partîmes sur-le-champ. J'eus beaucoup de mal à les suivre, surtout pieds nus, mais l'expédition ne fût pas trop longue. Juste le temps d'atteindre une petite clairière où mes amis me firent asseoir au centre, me demandant d'attendre sans bouger, qu'ils s'absentaient quelques instants, mais qu'ils reviendraient très vite. J'étais tout aussi confiant que serein et ne les vis même pas disparaître. Peu de temps après, ils revinrent, en effet, l'air content, deux d'entre eux portant sur une perche sur leur dos un étrange animal comme je n'en avais jamais vu et qu'ils venaient d'abattre. J'appris que cet herbivore, de grande taille, avait eu sa curiosité excitée par ma présence et sans doute mon odeur, au point de perdre toute méfiance. Je venais de jouer sans le savoir le rôle d'appât, mais pour un herbivore. Je crois que je leur devais bien cela. Nous rejoignîmes le village où les chasseurs furent bruyamment fêtés.

L'animal fut rapidement dépecé et vidé et, les mains pleines de viscères, le fils du Chaman s'approcha de moi et, entamant une série d'incantation, pressa ses viscères au-dessus de ma tête. Le liquide qui en découla parcourut mon corps, m'inspirant une impression de dégoût, mais je ne tardai pas à me sentir encore plus ragaillardi. Je fus invité, deux heures après, à me rendre à la rivière.

La nuit fut calme et le lendemain, selon le rituel bien connu, nouvelle perte d'une fourmi. Le temps commençait à me sembler long, car il y avait, encore et toujours, des fourmis suspendues.

Trois jours après, la fièvre, les frissons, les sueurs froides, et les tremblements reprirent. Et ce fut ainsi de nombreuses et désormais longues journées.

Un matin, l'œil du fils du Chaman avait changé. Un regard plus vif animait ses pupilles. Il me fixa dans les yeux, tout en apposant son doigt, puis éclata de rire en montrant dans sa main la dernière fourmi. Il allait enfin devenir Chaman. Il avait « ôté une par une toutes les décorations de l'homme aux jambes bleues ».

Cet après-midi-là, il y eut de grands préparatifs pour une fête qui s'annonçait exceptionnelle. Le fils du Chaman, qui ne deviendrait Chaman qu'après cette cérémonie, s'approcha de moi et s'assit à mes côtés. Il me raconta que son père, le grand Chaman, avait, lors de ses derniers instants, cherché à attirer dans la clairière celui qui allait faire en sorte que sa prophétie se réalise, et ce fut moi. Mais il semblait que je ne voulusse pas céder, ce qui expliqua ces zooms avant et arrière successifs. Il était cependant plus fort que moi. Il ne fallait pas que je m'inquiète. J'étais resté dans le village le temps qu'il fallait, un jour par fourmi, plus les jours de délire. Il avait fait tomber cent neuf fourmis, et j'allais bien vite retourner chez moi où mon « absence » n'aura duré que deux petites heures. Il regrettait mon départ, car je lui avais été précieux et il s'était pris d'amitié, mais je n'étais pas autorisé à assister à la cérémonie.

Avant de partir, il se leva, se retourna, fouilla dans le sac qu'il tenait toujours à sa ceinture, puis revint, la main droite fermée et posée sur son cœur. Il me la tendit, toujours fermée. Je tendis ma main droite, ouverte, et il y posa quelque chose de léger que je n'ai pu voir, car il referma ma main, main que je portais alors également sur mon cœur.

Tout se brouilla alors très vite, et je sentis une main sur mon épaule qui me secouait. C'était mon épouse qui était descendue voir ce que je faisais. L'écran de l'ordinateur était éteint, et l'ordinateur était en veille. « C'est curieux, j'ai dû m'endormir » lui répondais-je tout penaud. Je montai les escaliers avec une chape de plomb inhabituelle sur mes épaules. Je fis une rapide toilette et filai au lit, arguant de fatigue pour ne pas souper.

Le lendemain matin, j'avais presque tout oublié quand, dans ma salle de bain, je vis mon corps envahi de traces rouges. Mon épouse entra et dit, « où as-tu pu attraper une telle allergie ?!».

Quand je pénétrai dans mon bureau, j'eus un sursaut : je venais de voir, sur mon sous-main, une de ces plumes de perroquet qui ornent les couronnes des Indiens. Elle était bleue. Du même bleu que mon jean ! Je m'assis, la pris dans ma main droite, que j'amenai sur mon cœur. Je me sentis aussitôt envahi d'une sensation de bien-être. Je réveillai l'ordinateur, rallumai l'écran, et la forêt était là. J'étais haut. Suffisamment haut pour embrasser du regard la forêt, la sente, la rivière, le village… mais la clairière avait disparu ! J'ai essayé de zoomer, mais l'image, fixe, ne voulait plus obéir.

Je me rendis chez un bijoutier qui dû me prendre pour un original, car le lui fis enchâsser la plume dans deux verres en cristal solides que je fis sertir d'or et monter en pendentif, pendentif que je ne quitte plus, comme ne me quitte plus cette sérénité qui m'était devenu là-bas si familière.

Parfois, le soir, je le serre dans ma main droite, l'approche de mon cœur, et alors, pour une nuit, je pars les rejoindre.

Si Jéromine savait !

Le livre qui n'est pas

Marc Breton

Gedan pestait, c'était la troisième fois cette semaine qu'il devait mettre de l'ordre dans la bibliothèque du château de Balavieille. Situé dans les Highlands et offrant une vue sans pareille sur la mer, ce château était détenu par la famille Macpherson, de puissants barons parfois belliqueux. C'était une imposante bâtisse édifiée pour résister à la bravoure de l'ennemi anglais. Ni le souffle des tempêtes ni les fréquentes bourrasques ne risquaient de l'impressionner. Quoiqu'il fût calculé pour la robustesse, les bâtisseurs n'avaient pas rejeté toute élégance. Haut de trois étages, éclairés de rangées de sept fenêtres surmontées d'un motif sculpté, il arborait fièrement, pignons à échelons et toits à colombages... Ici, pas de robinets qui coulent à fond sans que personne ne les actionne, pas de bruit de chaînes dans la douceur de la nuit, pas de cornemuseux invisible qui les jours d'orage mêle sa musique aux cris du vent. Non, ici, juste un peu de désordre dans la bibliothèque. On justifie toujours la présence des gentils spectres, pleins de bonnes intentions, même s'ils ne sont pas à l'abri de quelques colères, par un épisode dramatique. À Balavieille, il faut remonter à plus de cent ans, pour trouver une tragédie qui pourrait justifier la présence de fantômes facétieux. À l'époque, un jeune serviteur, Murray Gordon, qui avait à sa charge, entre autres, l'entretien de la bibliothèque, était interpellé par la conduite du plus jeune fils du Baron. Ce dernier lisait de longues heures alors qu'il aurait pu jouer avec ses frères, aller chevaucher dans la campagne, s'exercer au tir à l'arc ou s'entraîner pour les jeux des Highlands. Il n'avait certes pas la corpulence nécessaire pour le lancer de tronc, mais il y avait bien d'autres épreuves. Qu'y avait-il de si exceptionnel dans ces livres pour que, même les jours de grand soleil, le monde extérieur perde toute importance ? Souvent Murray prenait un livre, inspectait longuement une page noircie de caractères énigmatiques, mais rien ne se passait, alors, il reposait l'ouvrage, très frustré. Les mois passaient, le mystère ne s'éclaircissait pas, cependant il persévérait en feuilletant de préférence les gros livres qui possédaient quelques illustrations. C'est alors qu'il feuilletait une belle encyclopédie qu'il fut surpris par le fils de son maître. Ce dernier, qui trouvait Murray fort à son goût, lui proposa aussitôt de lui lire les légendes des dessins. Il se proposa de le guider dans l'apprentissage de la lecture pendant leurs moments de loisir. Ils se retrouvaient fréquemment dans la grande bibliothèque et parfois dans les communs, jusqu'au jour où on découvrit qu'ils entretenaient une ardente liaison amoureuse. L'étude des livres n'apparut au Baron de l'époque que comme un prétexte futile. Le maître des lieux répudia immédiatement son fils et le déshérita. Il voulait le chasser de sa vie. On raconte alors que le désespoir aurait poussé le jeune homme à se jeter du haut de la grande tour. Sans doute par fidélité, le serviteur chassé fit le même geste, le lendemain. On peut imaginer qu'ils se sont retrouvés à l'entrée du paradis, mais personne n'ignore que Saint Pierre hésite à ouvrir ses portes aux suicidés et qui plus est, aux suicidés homosexuels. Alors en attendant un jugement définitif, ils hantent Balavieille et continuent leurs lectures favorites. Les descendants de la famille Macpherson ont beaucoup regretté l'emballement et la sévérité de l'époque. Pour rechercher un début de pardon, ils employaient souvent des gens de la famille de Murray Gordon, le jeune serviteur féru de lettres.

C'est ainsi que Gedan Gordon, lointain cousin, était entré au service du Baron comme beaucoup de ses aïeuls, mais il avait d'autres ambitions que de s'investir durablement dans le rôle d'un valet mal payé. Naturellement, il avait à sa charge l'imposante bibliothèque qui abritait maintenant de surcroît une collection d'armes et d'armures, une galerie de portraits des ancêtres oubliés avec de superbes cadres moulurés. Enfin que des choses qui prenaient bien la poussière. Mais le plus pénible était sans nul doute d'y remettre en place les ouvrages qui avaient quitté leur rayon, on ne sait comment. Cela n'avait rien de bien motivant puisque dans très peu de temps, il les retrouverait de nouveau sur la grande table. Il avait remarqué qu'il s'agissait presque toujours des mêmes livres, souvent écrits en français : un traité sur les curiosités géométriques, un précis de grammaire française, le mystère des nombres et « Ce livre n'est pas. » Il aurait aimé rencontrer son ancêtre pour lui expliquer qu'il pouvait s'instruire bien assis dans un large fauteuil et remettre en place les livres au petit matin. Il aurait sans doute ajouté que tenter d'améliorer son français n'avait pas de sens pour quelqu'un de condamné à hanter un château écossais. Bien sûr, il avait guetté les coupables des nuits entières, mais comme tous les spectres, ils ne se laissaient pas approcher facilement. Le temps passant, il fut plus spécialement intrigué par le livre équilibriste qu'il retrouvait immuablement sur le rebord de la grande table. Il était toujours à l'envers comme s'il voulait cacher son titre : « Ce livre n'est pas ». Il avait fini par y jeter un coup d'œil, un peu à contrecœur, car il avait l'impression d'obéir à un livre qui lui disait : retourne-moi, prends-moi, lis-moi. La lecture du chapitre sur l'âne de Buridan ne l'avait pas emballé. On y racontait l'histoire loufoque d'un animal affamé, qui placé à égale distance de deux quantités de nourriture identique n'arrivait pas à choisir. On ne lui proposait pas une alternative plus désirable l'une que l'autre. Il savait les ânes têtus, pas très intelligents, mais de là à se laisser mourir de faim entre deux bottes de foin également appétissantes ! Ce ne serait pas son cas. Il allait choisir son avenir. Il avait songé à devenir agriculteur. La région était belle, mais il en savait le sol ingrat, il ne pourrait jamais lui arracher une récolte débordante. Éleveur, cela lui aurait permis un meilleur train de vie, mais Gedan visait la grande fortune et pour cela, il ne voyait qu'une solution : émigrer. Ce n'était pas une idée originale, des générations de Highlanders s'en étaient allées vers le Canada, l'Australie ou les États-Unis. Lui, il avait opté pour la France. Il n'aurait pas pu expliquer pourquoi ce choix. Il avait pourtant pris cette décision en remettant en place, pour la xième fois, le précis de grammaire française. Personne n'essaya de le dissuader de partir et son maître lui proposa même d'emporter quelques livres de la bibliothèque. Gedan en choisit de très beaux reliés de cuir rouge doré sur tranche et orné d'un liseré marron foncé. Il ne négligea pas, parmi les livres cartonnés, ceux qui étaient rédigés en français et tant pis si certains d'entre eux avaient la bougeotte.

Bel écossais de vingt-cinq ans, blond, toujours légèrement décoiffé, il arrivait en France avec un bagage dans chaque main, le plus lourd contenait les livres. Il allait de ferme en ferme à la recherche de petits boulots. Cela lui assura le gîte et le couvert durant près d'un an et lui permit de se familiariser avec la langue française. Il rejoignit alors une ville commerçante du centre de la France. Le commerce, il n'y avait que cela pour faire fortune. Il trouva rapidement une place de commis dans une grande quincaillerie. Sa principale occupation consistait à maintenir une boutique propre et bien ordonnée, et il y apportait un soin méticuleux. Il étiquetait, il agençait, enfin, il rangeait les étagères, un peu comme au château de Balavieille. Mais là, il était certain de ne rien retrouver le lendemain matin en équilibre sur le rebord du comptoir.

Maintenant qu'il avait une vie stable et une meilleure connaissance du français, il pouvait sortir de leur valise les cadeaux du baron Macpherson bien décidé à essayer de les lire. Il avait choisi de commencer par le Précis de grammaire française ; il avait des progrès à accomplir en orthographe. Il l'avait laissé sur sa table de nuit avec un marque-page à la troisième leçon ; pourtant, le lendemain soir, il y avait un second livre : « Ce livre n'est pas ». Il chevauchait le premier, posé à l'envers, avec le marque-page au chapitre deux. Gedan peinait à envisager une confusion de sa part. Il avait bonne mémoire, il n'avait déposé qu'un seul livre. Il retira le marque-page et remit les choses en place. Mais le lendemain soir, le phénomène se reproduisit : « Ce livre n'est pas » était de nouveau sur sa table de nuit, posé à l'envers, avec le marque-page au chapitre deux. Il dut bien convenir qu'il se passait des choses étranges. Il n'avait tout de même pas transporté le fantôme dans son bagage. C'était si extraordinaire qu'il n'osait en parler à personne. Il ne pouvait pas avouer qu'il ressentait un picotement de quelques secondes dans ses doigts quand il saisissait le livre. Il concevait de plus en plus clairement que cet ouvrage qui revenait toujours se mettre sur le dessus, désirait tout simplement l'obliger à en poursuivre la lecture. Il n'était pas fier de prêter des intentions à un livre. Il rangea le précis de grammaire et s'attaqua au chapitre deux du livre facétieux.

On y parlait d'un certain Descartes qui professait un doute méthodique. Il faut douter de tout. Nos sens sont trompeurs, affirmait-il. Il est vrai qu'à cette époque un certain nombre de certitudes s'effondrait. L'homme perdait sa place au centre de l'univers. Il pouvait facilement constater que le soleil tournait autour de la terre et pourtant, ce n'était pas vrai. Il ne fallait donc jamais écarter l'hypothèse qu'un mauvais génie employait toute son industrie à nous mener en bateau. Si on interprétait bien la pensée du philosophe ; quand, Gedan croyait qu'il était en train de lire le livre, il pourrait bien être victime d'une illusion. Comment être sûr qu'il n'était pas en train de dormir et de rêver qu'il lisait ? Et si Dieu m'avait créé de telle sorte que j'hallucine le monde et que sans cesse, je me trompe ! Cette pensée du « et si rien de tout cela n'existait » le tracassait. Si en plus des fantômes, il se trouvait des malins génies qui s'attelaient à nous tromper, il n'allait plus pouvoir dormir comme un bienheureux. Il referma le livre d'un claquement sec, il ne lirait pas la suite. Assez d'élucubrations, non, il ne rêvait pas, il était bien en France et il allait bientôt faire fortune.

Il préféra, le lendemain, enfermer tous les livres dans la valise pour ne plus se prendre la tête et vivre sereinement.

Ponctuel, soigneux, poli, il fut rapidement apprécié par son patron qui lui confia de nouvelles tâches. Il devint ainsi responsable des achats. Talentueux en calcul mental et négociateur hors pair, il fit merveille. Son patron, un franc-maçon républicain, qui croyait en la promotion sociale de tous ceux qui se donnaient un peu de mal, l'invita à le suivre dans des réceptions mondaines qui regroupaient les premières fortunes de la région. Il comprit vite que son habit traditionnel et son accent lui assuraient un succès facile. Il n'avait aucune honte à en profiter. Il savait qu'on le questionnerait sur son pays, la gastronomie, la météo, la faune locale et bien évidemment sur les châteaux hantés. Il lui était facile de faire frémir les bourgeois et surtout les bourgeoises avec des joueurs de tambour sans tête qui battaient la mesure sur les remparts, des voleurs de cadavres cherchant la morgue, des dames blanches qui se promenaient, la nuit la tête sous le bras, des livres qui dansaient sur leur étagère. Il pouvait aussi les attendrir avec les pleurs nocturnes d'une fillette à qui on a volé sa poupée ou les appels d'une mère, à la recherche de son fils perdu, mêlant ses cris déchirants aux sifflements de la tempête.

Il cherchait plus à se faire des relations qu'à briller en société ; mais comme les deux choses n'étaient pas incompatibles, il en profitait. Une jeune fille de bonne famille tomba sous son charme.

Père, riche tanneur, mère, pratiquant les bonnes œuvres, elle se montrait un beau parti. Il accepta avec empressement une invitation à dîner. La taille et le luxe de la demeure le soufflèrent même s'il n'en laissa rien paraître. On visita la bibliothèque avant de déguster une fine Napoléon au salon. Un serviteur lui présenta un verre sur un plateau. Il se remémorait les réceptions au château de Balavieille. Son cœur battait fort, il prenait conscience qu'il avait réussi, il était de l'autre côté du plateau. Il but avec délice.

La demoiselle était plutôt jolie, gracieuse ; il pouvait l'épouser sans hésiter. Il ne devait pas rester un employé de quincaillerie ; fût-il un employé modèle ? Il crut qu'il serait de bon ton de s'intéresser au métier de tanneur, mais il comprit vite qu'il faisait fausse route. Sa future ne supportait pas les effluves malodorants qui s'échappaient des fosses et qui finissaient par imprégner les habits. Il comprit vite qu'elle envisageait de laisser la tannerie à son petit frère. Par contre, elle se projetait bien à la tête d'un commerce distingué comme un magasin de peaux et de fourrures. L'idée lui plut, il l'épousa. Il était conforme au savoir-vivre, pour les bourgeois, de se rendre au théâtre, au restaurant avec un manteau en zibeline, en chinchilla ou en astrakan. C'était le riche complément d'une somptueuse robe du soir. Pas une élégante qui n'eut son tour de cou en renard. Il ne se trompait pas, la profession avait de l'avenir, le succès fut au rendez-vous. La fortune pointait son nez et ils durent embaucher une vendeuse. Une jeune demoiselle, bien sous tous rapports, se présenta. Il en tomba aussitôt follement amoureux.

Il lui fallait maintenant une habitation digne de son rang. Il s'attacha le concours d'un grand architecte pour édifier un vaste bâtiment rectangulaire légèrement en retrait de la rue. Il souhaitait qu'il rappelât la partie centrale du château de Balavieille. Il fallait donc trois étages, chapeautés par des combles et des greniers et un alignement de sept grandes fenêtres. Il fallait faire appel à des matériaux nobles pour lui voir traverser les époques et exhiber dans les années à venir la réussite sociale de son propriétaire. Les chaînes d'angle en besace, taillées dans des calcaires blancs, lui conféraient une certaine gaîté. Du grand portail de la rue, on devinait une porte d'entrée, en haut d'un large escalier, abritée par une glycine. Un haut mur hérissé de tessons de bouteille cachait à la vue un parc d'une belle taille. Une vaste bibliothèque occupait la partie centrale du second étage. Dès son aménagement, il voulut placer les ouvrages de sa valise en bonne place surtout ceux qui étaient reliés en cuir. Les autres, les indisciplinés, avec une couverture en carton épaisse et recouverts d'un papier à la cuve étaient aussi de bonne facture et il sut leur trouver une petite place. Malheureusement, il eut très rapidement des réflexions de son épouse sur le fait qu'il devrait ranger ses livres quand il avait fini de lire. Cela faisait trois fois qu'elle en trouvait plusieurs en bataille sur la table dont un en équilibre sur le rebord. Elle ne comprenait pas comment un homme d'ordinaire si méticuleux pouvait laisser traîner aussi des cahiers et des stylos. Les livres auraient contaminé les cahiers et les stylos ? Il enferma, à regret, les ouvrages dans sa malle, mais garda près de lui, « Ce livre n'est pas » pour lire le chapitre trois.

Il ne fut pas déçu et comprit bien pourquoi il avait déjà rejeté le livre. Et pourtant, quelque chose l'attirait. Comment, bizarrement, pouvait-on être charmé, et irrité en même temps ? Des sentiments opposés se heurtaient et s'entrechoquaient. Cette fois, l'accent était mis sur le sens trop imprécis des mots : combien de cheveux un chauve peut-il avoir ? Jusqu'à quel âge peut-on employer le mot enfant ? Les hommes sont gros ou vieux sans que l'on sache précisément le sens de ces adjectifs. Petit et grand n'ont pas de sens. On ne connaît pas la limite. Faisons un peu de mathématiques. Si à un petit nombre, on ajoute un ; on aura encore un nombre petit. Si on renouvelle l'opération ; ajoutons un et on obtiendra quelque chose de guère plus grand, donc un autre nombre petit. Et ainsi de suite. En ajoutant seulement un, on n'obtiendra jamais, d'un seul coup, comme par enchantement, un nombre grand. Et c'est pour cela que tous les nombres sont petits. Il referma le livre brusquement se jurant que, cette fois, c'était définitif.

Les années passèrent. L'entreprise resta florissante pendant deux générations. Malheureusement, la Première Guerre mondiale vit la mort des deux derniers héritiers. Ce qu'on appelait, dans la ville, la maison de l'Écossais fut mise en vente. Mais personne ne fit une offre correcte. Il faut dire que la bâtisse n'avait pas très bonne réputation. Des domestiques avaient rapporté que des objets y changeaient fréquemment de place. Les citadins avançaient des tas de preuves indiscutables pour affirmer que la maison était hantée. La nuit, les fenêtres des pièces pourtant inhabitées du troisième étage n'étaient jamais aussi sombres qu'elles le devraient. On devinait, derrière les volets à claire-voie percés de lames horizontales des lueurs qui flottaient. L'hiver, après une chute de neige alors que tous les toits de la ville avaient encore une chape blanche ; la vieille bâtisse montrait ses ardoises violettes. Quelles présences pouvaient bien la réchauffer ?

Finalement, la mairie fit l'acquisition du bâtiment et de son parc. Elle le transforma, quelques années, en annexe de l'orphelinat. On y accueillait les enfants les plus en difficultés scolaires en espérant les repêcher par des méthodes innovantes. L'idée parut louable à l'époque, car on ne soulignait pas que cela permettait aux bons élèves d'avoir des conditions de travail plus sereines.

La mauvaise réputation de la bâtisse ne cessa d'empirer. Les enfants racontaient qu'ils percevaient des bruits anormaux et des luminosités inexplicables. Ils ne voulaient plus aller dans la grande bibliothèque qui servait de salle de classe. Soi-disant que leurs porte-plume pouvaient disparaître un jour ou deux, que leurs cahiers se retrouvaient dans la case du voisin, que le lustre tremblait parfois pendant de longues minutes et surtout que les différents portraits qui ornaient la salle les regardaient de manière terrifiante. On crut dans un premier temps qu'il s'agissait d'excuses pour ne pas travailler ; mais en 1936 l'établissement fut subitement fermé. On prétexta des problèmes de sécurité. La mairie ne pouvait pas laisser entendre que la demeure des Écossais était hantée. La rumeur faisait son chemin et on préférait passer sur le trottoir d'en face en jetant un bref coup d'œil vers les larges croisées aux vitres étroites. Le lieu fut désert jusqu'à la Seconde Guerre mondiale où la mairie le proposa à la Gestapo. Les caves furent converties en cachots et l'immense bibliothèque servit de salle d'interrogatoire, un euphémisme, car on ferait mieux de dire salle de torture. Les plus beaux ouvrages qu'elle contenait disparaissaient jour après jour. Des miliciens y mangeaient. Certains y dormaient sur un peu de paille étalée dans un coin. Après cette sombre période, la mairie remit le bien en vente à très bas prix. On y placarda un écriteau dans l'infime espoir que quelqu'un, peu instruit sur la réputation du bâtiment, vienne à s'y intéresser, mais on ne trouva pas d'acquéreur. Qui aurait voulu d'une maison hantée où les cris des résistants torturés résonneraient la nuit ? La vieille demeure se trouvait de plus en plus mal en point, assaillie par le lierre et la vigne vierge. Les peintures, mises à mal par les intempéries, s'écaillaient. Un grand platane pointait ses branches vers les fenêtres du premier étage comme s'il voulait voir les fantômes de plus près. Finalement, on décida d'abattre le bâtiment, de raser le parc pour édifier une médiathèque fort moderne. Elle hérita des rares livres qui avaient échappé aux pillages. Pour la plupart, ils rejoignirent les archives municipales.

Nadeg avait lu tous les registres des archives départementales sans pouvoir découvrir qui était le père de son arrière-grand-père. Son arbre généalogique remontait du côté de sa maman jusqu'au dix-septième siècle, mais la branche paternelle directe s'interrompait assez tôt sur la mention : « Né de père inconnu, ». Qu'est-ce que cela voulait dire ? Elle avait cherché des mois et des mois alors qu'il suffisait de demander à son grand-oncle.

– Ton ancêtre, un père inconnu ? Tu parles ! J'étais petit, mais pendant les repas de famille tout le monde en parlait, ici tout le monde le connaissait. Évidemment, on disait qu'on n'était sûr de rien. Ton arrière-grand-mère travaillait chez le fourreur écossais et le jour où elle était tombée enceinte, elle avait dû quitter la place. Il ne faut pas de scandale chez les bourgeois.

Nadeg ignorait totalement qui était le fourreur écossais. Son grand-oncle lui parla de la magnifique demeure sans dire un mot sur les phénomènes surnaturels et lui souhaita bon courage pour poursuivre sa généalogie en Écosse.

Nadeg se rendit à la médiathèque avec un état d'esprit bien différent de l'accoutumée. Elle était sur la terre de son ancêtre. D'ordinaire, elle se dirigeait directement vers les étagères où se côtoyaient ses auteurs préférés. Comme beaucoup, elle adorait Katherine Pancol, Françoise Bourdin, Amélie Nothomb, Danielle Steel. Mais ce jour-là, elle voulait profiter du lieu, elle flânait de rayon en rayon. Inconsciemment, elle espérait ressentir quelque chose. Elle se retrouva dans les romans de science-fiction. Elle n'en empruntait jamais. Elle ne savait pas se projeter dans un monde coupé de la réalité. Tout au bout du rayon, un livre attira son attention. Ici, un livre qui n'était pas rangé, c'était extrêmement rare. Posé à plat, à l'envers, il dépassait légèrement de son étagère ; juste assez pour qu'on ait envie de le remettre en place. Elle le saisit entre le pouce et l'index et ressentit de légers picotements dans ses doigts. Elle le reposa aussitôt, se frotta, machinalement, la main sur son pantalon. Elle reprit son chemin, mais revint en arrière ; elle n'avait pas lu le titre de l'ouvrage et qui sait si les picotements se renouvelleraient. Elle le tint un instant sans rien ressentir et le retourna pour en connaître le titre. Elle resta bouche bée un instant en lisant « Ce livre n'est pas ». Ce titre se détachait en jaune doré sur un fond brique au-dessus d'une illustration curieuse : un objet totalement impossible. Son index, qui coupait cet objet horizontalement, lui laissait deviner une sorte de fourche à trois dents dans la partie supérieure alors qu'elle n'en avait que deux dans la partie inférieure. Elle ne choisit rien d'autre. Une envie inexplicable d'en savoir plus s'était emparée d'elle. Totalement troublée, elle rentra chez elle directement, en délaissant ses courses ordinaires. Elle déjeuna sans pain.

D'habitude, elle bouquinait au lit, c'était devenu indispensable pour que le sommeil l'envahisse. Mais là, avant même de se mettre à table, elle éprouva le besoin de feuilleter le livre qu'elle venait d'emprunter. Il lui parut qu'il contenait une analyse fine de tous les paradoxes qui ont hanté l'homme depuis la nuit des temps jusqu'à nos jours. Il semblait faire une bonne place à l'histoire ; les grands savants du moyen-âge comme Fermat ou Galilée y côtoyaient de nombreux penseurs grecs. Ce soir-là, elle se coucha beaucoup plus tôt. Elle était trop nerveuse pour s'intéresser à la télévision et le premier chapitre, savoir et croyance, lui tendait les bras. Il ne fallait pas attendre une heure trop tardive, avoir l'esprit déjà endormi, pour prendre à bras-le-corps toutes les problématiques qui allaient s'offrir à elle.

Dans l'avant-propos, l'auteur avouait que son but était d'intriguer le lecteur, de le rendre perplexe, de chatouiller le petit diable qui sommeille en lui. Son objectif était déjà atteint. Elle s'endormit, son livre à la main, en lisant Descartes qui disait qu'il avait coutume de dormir et de se représenter en songe les mêmes choses qu'il voyait dans la vie réelle. Il admettait que, dans certains rêves, cela n'allait pas parfois sans quelques invraisemblances.

Et bientôt, Nadeg rêva. Un rêve agréable, mais totalement absurde. Elle était un joli papillon jaune soufre qui voletait de fleur en fleur dans un immense champ de colza baigné par un doux soleil de printemps. Elle frétillait. Elle félicitait chaque fleur pour sa beauté et son odeur agréable. Le vent était doux et sa trompe se délectait de nectar au goût de lavande. Au bout du champ, les voitures bouchonnaient sur la route à cause de tous ceux qui voulaient aller au travail. Elle les ignorait, elle se tenait loin des rejets de gaz. Elle avait trop butiné. Elle se posa sur une large feuille pour digérer et elle s'endormit.

Le lendemain matin, comme d'habitude, elle n'était pas en avance pour prendre le chemin du bureau. Elle rencontra le premier bouchon alors qu'elle traversait un champ de colza en fleurs. Elle rabaissa le pare-soleil. Le petit sac de lavande, souvenir de la Provence, qui pendait à son rétroviseur exhalait encore un peu de doux parfum. Sur son tableau de bord, elle activa le recyclage d'air afin de ne pas être importunée par les mauvaises odeurs. Une idée folle lui traversa l'esprit : mais qui était-elle ? Une secrétaire qui rêvait qu'elle était un papillon ou un papillon en train de rêver qu'il était une femme se rendant à son travail. Au bureau, elle ne put pas s'empêcher de se questionner sur l'authenticité de ses actes. Et si les rêves étaient une incursion furtive dans la réalité !

Elle décida que le livre lui occupait trop l'esprit, qu'il était dangereux et qu'elle ferait bien d'en rester là. En arrivant chez elle, elle le rangea dans le tiroir de son bureau. Elle allait se faire violence pour ne pas le ressortir, au moins pendant quelques jours. Il fallait bien que l'on décide de ses pensées et de ses actes par soi-même.

Elle dîna calmement. Elle feuilleta le programme de la télévision pour choisir un bon film qui allait lui occuper l'esprit. Malheureusement, à la coupure publicitaire, en se dirigeant vers la cuisine, elle ne put s'empêcher de jeter un coup d'œil dans la chambre. Posé à plat, à l'envers, il dépassait légèrement de la table de nuit. Il l'appelait. Elle ne l'avait pas laissé ainsi. Elle le saisit entre le pouce et l'index. Il picotait. Elle resta perplexe une seconde, car la couverture lui parut plus fade, beaucoup moins rouge. Mais elle n'y attacha guère d'importance, il lui fallait lire le chapitre suivant. On y parlait des poutres pourries du navire de Thésée, ce jeune athénien qui accomplit tant d'exploits qu'on voulut garder en souvenir son bateau. Seulement, avec le temps, son navire s'abîmait et il fallait sans cesse le restaurer. Remplacer un cordage, une poutre, remettre du bitume. Au bout de quelques siècles, il ne restait plus rien, ou pas grand-chose, du bateau original. Était-il encore le bateau du héros grec ? On serait tenté de répondre plutôt non ; mais aussitôt, une autre question plus perfide émerge : quand avait-il cessé de l'être ?

Maintenant, le livre insistait sur des questions simples auxquelles on ne pouvait pas répondre. Quand un tas de sable finit-il d'être un tas de sable quand on retire les grains un à un ? Le livre l'accompagna chaque soir en l'exaspérant autant qu'en la ravissant. Elle ne parlait à personne des phénomènes surprenants qu'elle vivait. Quand le sommeil la gagnait, elle reposait le livre sur sa table de nuit, bien fermé, avec son marque-page favori en place. Mais l'autre matin, elle vit son marque-page à côté du livre fermé, elle avait dû oublier de le mettre. Seulement le soir, elle avait retrouvé le livre ouvert à la bonne page. Depuis, elle ne mettait plus de marque-page, le livre s'ouvrait de lui-même.

Vers la fin de l'ouvrage, les choses se compliquèrent. Un soir, allongée sur son lit, bien calé entre ses oreillers, elle le saisit machinalement. Elle le trouva beaucoup trop léger, manifestement moins épais qu'à l'accoutumée. Cette fois, elle était certaine que la couverture était plus pâle et que cela ne venait pas de la faible lumière de sa lampe de chevet. L'écriture, du dernier chapitre qu'elle venait d'achever de lire, semblait affadie. Elle se frotta les yeux, elle rajusta ses lunettes, rien n'y fit. Le livre s'évaporait-il à mesure qu'elle le lisait ? Mais, comme envoûtée, elle ne s'arrêta pas à cela, il fallait qu'elle se concentrât sur le chapitre suivant où un certain Zénon prétendait qu'un superbe athlète grec ne pouvait pas battre une tortue à la course. Sa démonstration était limpide pourtant, il y avait nécessairement une faille dans son raisonnement ; mais où ?

Maintenant, on lui proposait de prendre une boîte vide et d'écrire en gros sur une étiquette « cette boîte est vide » si vous collez l'étiquette sur la boîte vous n'avez pas de problème : la boîte est vide.

Mais si, avec un peu de perversité, vous laissez tomber l'étiquette dans la boîte, votre étiquette devient fausse. La boîte n'est plus vide. Alors vous collez l'étiquette contre une face interne de la boîte et elle redevient vraie. On en conclut que la colle a beaucoup d'influence sur la vérité.

Dans quelques jours, il faudrait rapporter le livre à la bibliothèque. Seulement, il n'était plus qu'un mince livret, les chapitres un, deux et trois avaient complètement disparu. Le titre, sur la couverture blanchâtre, n'était plus lisible. Il était urgent de terminer l'ouvrage. Il lui restait à faire un bout de route, avec Chrsippe et son crocodile et avec l'homme chauve d'Euboulides. Il était trois heures du matin quand elle termina le livre, il ne pesait presque plus rien. Il lui fallait dormir, elle reprenait le travail dans quelques heures.

Le soir, elle trouvait dans sa boîte aux lettres un rappel de la bibliothèque ; il fallait rapporter le livre dans deux jours. Mais il n'y avait plus de livre. Alors elle prit sa plus belle plume pour leur répondre :

« Effectivement, je me rappelle très bien avoir emprunté un ouvrage dans votre bibliothèque. La dernière vision que j'ai de lui est celle d'un petit livret pâle dont le titre avait totalement disparu. La seule chose que je peux vous affirmer, c'est qu'aujourd'hui, j'ai cherché partout et que je ne l'ai pas retrouvé. Je pense qu'il disparaissait au fur et à mesure que je le lisais. Un peu comme si cela sortait du livre pour entrer en moi. C'était un livre bizarre qui vivait en équilibre et qui s'ouvrait chaque soir à la page où je l'avais laissé la veille. Cette histoire me paraît aujourd'hui totalement extravagante, mais je l'ai vécu comme sous une emprise qui faisait que ce côté surnaturel ne me choquait pas. Aujourd'hui, je conserve des séquelles de cette lecture. On ne sort d'ailleurs jamais indemne d'un bon livre. Ma manière de voir les choses a beaucoup changé. Je sais que les sens sont trompeurs. Le bizarre me paraît parfois naturel. Je me méfie beaucoup plus de mes intuitions. Pourtant, je vais vous en livrer une. Si j'étais à votre place, je regarderais sur toutes les étagères de votre bibliothèque, surtout du côté des livres de science-fiction. Je pense que sur l'une d'entre elles, il y a un ouvrage orangé qui dépasse légèrement. Il est posé à plat, à l'envers. Saisissez-le entre le pouce et l'index. Retournez-le et vous verrez écrit en jaune doré sur un fond brique au-dessus d'une illustration bizarre. « Ce livre n'est pas ». Alors vous pourrez indiquer à votre ordinateur que le livre est bien rentré.

La dent de coq

François Caucheteux

Plusieurs mois s'étaient répandus, jours après nuits, heures remplies de minutes, avant que le phénomène se produise à nouveau. Dans les trente-cinq hectares du domaine où j'éprouvais plaisir à randonner, j'observais depuis quelque temps la naissance chiffonnée des bourgeons veloutés de noisetiers, de frênes en minuscules accordéons, et ceux crénelés des noyers, pareils à de jeunes pommes de pins. Les allées humides et creusées des sillons de charrettes se vidaient de leur eau hivernale. L'air, le vent et même la fine pluie, tout sentait le printemps, tel qu'il m'appelait à me rendre à la rivière mousseuse et claire. Elle gambadait, libérée de ses glaçons, entre les pierres et les rives stabilisées, vers un avenir prometteur. Le pont de sapin, réhabilité par les bénévoles du village et les saisonniers du vicomte, avait repris son rôle. Le traverser ne représentait plus un risque. Le vicomte en était fier comme s'il avait mis la main au marteau ou aux tenailles. Ne possédant que deux mains gauches, il avait autorisé les villageois à œuvrer sans frais pour lui. Il surveillait la remise en place de l'ouvrage et prenait les choses très au sérieux. Son pont traversait une nouvelle jeunesse et la rivière en toute sécurité. Bien qu'il me soit interdit, comme aux autres villageois, de déambuler dans le domaine sans son autorisation, je me faufilais sous les barbelés à l'orée de la sapinière épaisse, d'où personne ne pouvait m'apercevoir. Arrivé au pied du rocher du Grand Ru, où serpentait la rivière de mon enfance, s'ouvrait une faille dans la gigantesque roche grisâtre aux veines de malachite recouverte d'une mousse drue. J'y étais entré sans crainte. J'avais 9 ans. J'appréciais me balader seul.

Les oiseaux, les rongeurs, les papillons, les arbres et les fleurs me tenaient compagnie.

Dès l'entrée, je remarquais des traces jaunâtres. J'appris par la suite qu'il s'agissait de soufre inoffensif. Au cœur de la grotte, au bout d'un long boyau de pierres enchevêtrées, je serpentais jusqu'à pénétrer dans une énorme cavité humide où à certaines heures, on ne sait pourquoi, virevoltaient des chauves-souris. Une sorte de compétition entre stalactites et autres stalagmites ornait l'ensemble des parois calcaires de l'antre que peu à peu, j'avais aménagé. J'y apportais de petits objets, telles des bougies subtilisées à l'église du village ; une petite gamelle en fer blanc qui traînait dans une étable ; un siège pliant garni d'une toile bleu marine usée récupéré à la décharge. Vu sa taille, j'avais éprouvé plus de difficultés à l'introduire dans ma cachette. Je savais que certains objets ne franchiraient pas le boyau sinueux et étroit qui me permettait l'accès à « ma » caverne. Néanmoins, mon univers avait pris forme. Je regrettais de ne pouvoir poser une affiche sur une paroi lisse. J'y aurais écrit : « Cette grotte est un domaine privé - accès interdit » Or mes moyens techniques et l'humidité ambiante ne me le permettaient pas. J'avais imaginé planter un panneau, mais dans les roches, impossible. Pour mon bonheur, lors de chaque court séjour, je découvrais de nouvelles richesses. J'avais aussi amené une boîte d'allumettes, un petit carnet, un crayon et une gomme. À la lueur du petit cierge, je notais mes impressions, mes découvertes. Il m'arrivait même de dessiner les formes extraordinaires que j'interprétais comme des créatures légendaires ou des monstres sacrés. J'étais intrigué par quelques émanations de vapeurs claires qui filtraient, de temps en temps, entre deux blocs ancrés, à coup sûr, depuis des siècles. Ce qui me déconcertait, c'est que la vapeur ne surgissait pas en permanence, ni à chacun de mes passages. Certains jours, surtout en été, l'atmosphère fraîche était somme toute plus sèche et les vapeurs absentes.

J'entrepris de me rendre à la bibliothèque de l'école afin d'éclaircir le mystère de « ma » grotte. J'y parcourais un grand nombre de livres, d'encyclopédies universelles, de pages de dictionnaires, de cartes de géographie de ma région, en vue d'en apprendre plus sur ce lieu étrange. Rien. Je ne trouvais rien. Je me gardais bien d'en parler autour de moi. Seul mon instituteur se voyait, par la force des choses, au courant de mes recherches. Je ne lui en avais pas évoqué trop de détails. Il semblait ignorer l'endroit de la faille.

Interloqué devant un mur d'incompréhension, je me décidai à en discuter avec ma grand-mère. Celle qui m'élevait depuis ma naissance. C'était une femme solide, vertueuse, à la chevelure immaculée, aux rides rassurantes et aux sourires rares. Elle demeurait en permanence assise, l'hiver au coin du feu, le reste de l'année sur le banc de hêtre poli, dans la cour de la ferme, d'où elle donnait ses ordres brefs, mais toujours aimables en direction des ouvriers, journaliers ou saisonniers. Je vins donc m'asseoir à sa gauche, muni de mon petit carnet.

-Grand-mère, je peux te montrer quelques dessins ?

J'ouvris à la première page et sous ses yeux, je feuilletai mes divers dessins, passant avec ruse les pages de notes qui risquaient de l'effrayer.

-Très bien tes dessins. Tu es allé dans la grotte du Grand Ru tout seul ?

Elle connaissait ainsi l'existence de « ma » grotte ?

-Oui Grand-mère, c'est là que j'ai dessiné en copiant les formes des rochers. Tu aimes mes croquis ?

La femme sage et posée me regarda d'un air horrifié. Elle posa son doigt sur sa bouche, pour éviter tout commentaire. Mon esprit curieux de petit gamin de village me poussa cependant à quelques questions plus précises. Elle réitéra son geste de silence avec son doigt boudiné à l'ongle bien propre. Ses rides se faisaient interrogatives et interdites. Je voulus en savoir davantage.

Je décidai sans l'avertir, en rentrant de l'école, de me rendre chez le rebouteux. Cette sorte de sorcier, reconnu de tous, pourrait-il m'en apprendre plus sur les secrets de « ma » grotte et les vapeurs intermittentes ?

Jonas Dauphiné était un petit homme voûté par les ans, le travail et l'alcool. Sa maison, à son image, construite de bric et de broc à la sortie du village, dans une clairière peu fréquentée, recelait un nombre infini d'exvotos de toutes sortes, des noirs sur blanc en porcelaine, des bruns en bois taillé, des gris en pierre gravée, des parchemins ornés de cachets de cire rouge ou verte et des rubans, tous emplis d'une poussière grasse. Sauf celui qui, planté sur un piquet caduc, annonçait la couleur de notre homme et l'entrée de son jardinet en friche. Tout le monde lui reconnaissait des vertus de guérisseur et un bon sens paysan hors du commun. Il portait une barbe malsaine, grisonnante, de longs cheveux d'un blanc jaunâtre et un gilet de flanelle noir où les taches étaient foison. Son pantalon à bretelles était en velours qui fut – sans doute - beige, mais n'avait jamais fréquenté les lessiveuses. Sous ses dehors hideux, son sourire édenté reflétait une bonhomie certaine doublée d'une patience de champion de pêche à la ligne. Ses galoches, chaussées depuis de lustres, avaient-elles connu le nettoyage ?

Il me fit entrer d'un regard de chien apeuré et m'asseoir sur une caisse à vin chargée de poussière. Son logis sentait l'âcreté des caves qui restent fermées trop longtemps. J'avais la gorge coincée par cette sensation désagréable. Je devais tousser pour me remettre. Il me reconnut et je ne dus pas lui rappeler mon prénom. Il était doté d'une mémoire éléphantesque.

-Je t'écoute Edgar, me dit-il, tu as un souci ?

Il savait tout ou presque au sujet du village et de ses familles. Je ne pouvais rien lui cacher.

Sans préambule, je lui contai mes découvertes, mes explorations dans la grotte du Grand Ru. Son teint blêmit, il se gratta la tête sous sa casquette de toile noircie par la sueur, fronça les sourcils qu'il avait en broussailles, mais aucun son de sa voix ne parvint à mes oreilles de gamin. Après un instant d'hésitation, enfin il réagit :

-C'est pour pénétrer là-bas que tu as volé des bougies à l'église ?

Je n'osais avouer ce petit larcin à personne et surtout, je m'interrogeai : « Comment était-il au courant ? »

Il reprit ses commentaires qui lui venaient à présent en flots désordonnés.

Il me parla de mes dessins, du petit siège pliant que j'avais eu tant de difficultés à introduire dans « ma » cachette rocheuse. Il ne causa pas des vapeurs, comme si ce sujet revêtait un silence dû au tabou ou aux légendes que la grotte renfermait.

Bien décidé à briser son silence, je lui exposai le tableau formé des fumerolles de « ma » grotte. Il baissa la tête, faillit en perdre sa casquette souillée qu'il ressaisit d'un geste alerte. Étonnant pour un vieux comme lui. Pour me convaincre de ne pas y retourner, il s'absenta dans la pièce voisine, fermant bien la porte derrière lui. Un instant et quelques grincements de tiroir plus tard, il me demanda de lui présenter ma main ouverte et de fermer les yeux.

Il y déposa un petit objet dur et luisant. En rouvrant les yeux, je découvris une dent.

-C'est une dent de coq, me dit-il avec un sourire radieux.

Il se moque de moi, me dis-je en observant la dent. J'en ignorais l'existence. Jamais, je n'en avais encore vu. C'était une sorte de petite perle allongée, de teinte ivoire, percée d'un minuscule orifice par lequel passait un fil aussi fin qu'un cheveu.

-Conserve ce talisman avec la plus grande précaution. Qu'il ne te quitte jamais. Ne retourne pas à la grotte du Grand Ru. Jamais.

Voyant ma déception, il ajouta :

- Si tu dois retourner dans la grotte du Grand Ru, contre ma volonté et mes avertissements, dépose la dent de coq à l'entrée, sous une fougère rouge. Des bouleversements te saisiront. Tu devras te défendre pour te sauver. Si tu en ressors vivant, reprends la dent de coq sous la fougère rouge. Elle se transformera en un merveilleux destrier dont la robe sera beige crème. Personne au village ne pourra en connaître l'origine. Tu devras te diriger vers un autre village et ne jamais revenir chez toi. Les tiens te chercheront en vain durant au moins cinq ans. Il te conduira partout où tu le souhaites.

Jonas termina par ces mots :

-Attention ! Quand le destrier sera ferré, car c'est toi qui devras y veiller, tu ne pourras plus jamais te présenter à l'entrée de la grotte du Grand Ru.

Il acheva, un sanglot dans l'intonation :

-Si je meurs avant les vingt années de ton exil, le destrier périra. Tu devras rejoindre le village à pied, comme un vagabond. Ta famille, en t'apercevant sale et déguenillé, te reniera.

J'étais sidéré par cette annonce. Comment pouvait-il à la fois m'interdire de retourner jouer dans la grotte et me récompenser dans un tel piège à la sortie ?

Un détail de son discours me chagrinait particulièrement : « Si tu en ressors vivant ».

Pourquoi aurais-je subitement rencontré des soucis pour ressortir de mon antre ?

J'étais bien le seul à oser y pénétrer. Avant de quitter le vieux sorcier, il m'offrit un verre de vin de pain en me disant :

-Ce vin de pain de grande qualité est appelé le Polougar. Il a été purifié au charbon de bois. Bois-le d'un trait et rejoins ton destin.

Son regard s'ulcéra. Ses pupilles rougirent. Ses paupières disparurent tant ses yeux grossissaient, éteignant ses sourcils. Ses mains devenues blanches comme l'hermine se couvrirent de pois noirs, telle une étole de monarque. Son front court se couvrit d'une sueur nauséabonde. Pour ne pas le contrarier, malgré mes neuf ans, je bus le vin de pain d'une seule gorgée.

Sans en demander davantage, je courus jusqu'à « ma » grotte. En chemin, je m'inquiétai de n'avoir pu élucider l'origine des fumerolles. Jonas, le sorcier ne m'en avait pas fait état.

Devais-je encore y pénétrer ?

Je serrais la dent de coq bien fort dans ma main potelée de gamin de neuf ans. Soudain, pris de panique, je fis demi-tour et rentrai à la ferme où ma grand-mère s'inquiétait de mon retard. En rage, elle m'accueillit par :

-Tu m'as bien fichu la trouille Edgar, tu devras te choisir une punition à la hauteur de mon anxiété.

Je serrais toujours la dent de coq au creux de ma main. Ma courte culotte ne possédait pas de poche. Où allais-je pouvoir la cacher avant de subir ma punition ?

Je prétextai un besoin urgent et sortis dans la cour. Sans hésiter, j'entrai dans l'étable à cochons. Par la trappe située au-dessus des auges, je montai au fenil. J'escaladai le foin jusqu'à la poutre supérieure et y déposai la dent de coq. Ma grand-mère m'attendait, la trique à la main pour m'infliger la punition si peu méritée.

Je vous raconte mon aventure sans complexe. Je n'avais que neuf ans. J'ai bien reçu la punition et je ne suis jamais retourné à « ma » grotte. J'ai grandi et me suis installé en ville. Je suis vétérinaire. Les animaux de compagnie sont mes principaux patients.

De temps à autre, je ferre un cheval ou une jument. Je ne retourne plus au village.

Aujourd'hui, je viens de quitter le notaire. Il a procédé à la succession de ma grand-mère décédée. J'hérite de la ferme. Il me faudra mettre de l'ordre dans cette bâtisse avant de pouvoir la vendre. En rangeant les effets personnels de ma grand-mère, je découvre sous son matelas un vieux journal jauni. Ça fait bizarre de retrouver une ancienne gazette. Elle est datée du 15 septembre 1996. Je l'ouvre. Je la feuillette. En page douze, je lis, encadré de marqueur fluo, l'avis mortuaire de Jonas Dauphiné, le sorcier de mon enfance. Dans la sérénité de la ferme vidée de sa substance vivante, mais pas de mes souvenirs ardents, le vieux téléphone se met à sonner. Je traverse la chambre à coucher de ma grand-mère, je file dans l'escalier.

Au fond du hall d'entrée le combiné noir en bakélite, orné de son cadran numéroté n'a pas changé de place depuis les années. Le voilà. Il est toujours attaché à son fil boudiné noir, effiloché.

-Allo ?

-…

-Ah bon ? Il faut que je rejoigne votre cabinet ?

-…

-Bien. Je serai là dans une petite demi-heure. Pas possible !

Me voilà déstabilisé. La sueur perle sur mes tempes déjà grises. Mes rares cheveux se hérissent. Avant de me rendre chez le notaire, je veux me hisser au fenil et inspecter sa poutre maîtresse. Là où j'avais caché la dent de coq, il y a bien des années.

Je traverse la cour. Porte ouverte. Échelle escaladée. Fenil vide inspecté. Escabelle de bois posée. Je tends la main tout en haut, palpant la poutre. Dans la poussière de foin, je saisis la dent de coq. Non ! Pas possible, elle n'y est plus !

Vite, j'entre chez le notaire pour la deuxième fois aujourd'hui. Il me fait asseoir au bureau de chêne ciré, face à lui.

-C'est encore vous ! Mais attendez donc… Vous n'ignorez pas que Monsieur Jonas Dauphiné, dit le sorcier de votre village, est décédé depuis un certain temps, me narre-t-il, en ouvrant un dossier déteint qui d'après mon expérience doit au moins être aussi vieux que moi.

La pipe du notaire fume dans le grand cendrier de bronze à sa droite. La lampe de bureau diffuse une lumière laiteuse contrariée par le rayon fusant de la fenêtre à sa gauche.

Que va-t-il m'annoncer ? Il pérore sur des sujets variés. Impôts. Élection présidentielle. Allocation de chômage. Rentrée des classes. Prix du carburant. Je sens bien que ce qu'il va m'annoncer n'est pas le gros lot du Loto.

Se serait-il trompé dans la succession de ma grand-mère ?

-Monsieur Jonas Dauphiné avait posé une ultime condition à la clôture de son héritage, la voici : « Le peu que je possède (voir inventaire du notaire instrumentant) sera légué à celui ou à celle qui rapportera audit notaire la dent de coq. Cette dent de coq, dont photo en annexe, a été remise en 1996 dans les mains du petit Edgar Dunord. »

Et il ajoute : « Si personne ne vous présente la dent de coq au plus tard vingt ans jour pour jour après la date de mon décès, le peu que je possède ou le fruit de la vente sera remis dans les délais légaux et dans son entièreté à l'Association des Petits Riens. »

Je ne possédais plus la dent de coq. J'ignorais où elle pouvait se trouver et qui la détenait.

Le notaire acheva :

-Il vous reste trois jours pour me la remettre. Dans le cas contraire, vous serez déshérité de Jonas Dauphiné.

Je soufflais. Je ruminais. Je quittais le notaire par un salut poli, mais découragé. J'avais une chance sur plusieurs milliers de retrouver la dent de coq.

Dans ma voiture, je réfléchis. Je coupai la radio, le GPS et mon GSM.

Il me fallait du calme pour me souvenir de la scène ; moi qui n'apercevais, en noir et blanc, que le visage tuméfié de ce pauvre sorcier à travers la brume épaisse des années de mon enfance.

Je roulais avec trop de prudence au volant du SUV gris métallisé de location. J'adoptai une lenteur à faire pâlir une brigade d'escargots. Toutefois, je décidai de me rendre aussi près que possible de « ma » grotte. J'étais passé derrière le château du domaine sans éveiller la moindre inquiétude. Personne ne m'avait vu. Dans le chemin, les branches et les pierrailles craquaient sous mes pneus. J'éclaboussai quelques champignons aux bords des ornières remplies d'eau.

Je stoppai à une petite centaine de mètres de la faille. J'observai les alentours d'un œil neuf de grande personne.

La nature du lieu m'enchanta ; les oiseaux, les rongeurs, les papillons, les arbres et les fleurs me tenaient compagnie. Comme au temps de mon enfance et de mon aventure dans « ma » grotte. J'arrivai tout près de l'ouverture bien enfouie sous une végétation qui avait au moins doublé de volume depuis mon dernier passage, je me réjouissais de découvrir un indice pour toucher au but en retrouvant la dent de coq.

Mais croyais-je encore à l'existence de ce talisman ?

Un souvenir devenu plus précis, une force subtile et insurmontable, une voix invisible me poussaient à inspecter les fougères rouges qui entouraient la faille rocheuse.

La forêt répandait des odeurs de terre humide et de fleurs de chèvrefeuille. Un mélange raffiné qui ravivait mes souvenirs et leur donnait les allures d'antan. J'étais là, comme autrefois, en culotte courte sans poches, à fouiller dans les fougères après la dent de coq.

Quelle aventure pour un jeune garçon comme moi.

Du point de vue d'un homme mûr de mon âge, à présent, toutes ces croyances villageoises m'apparaissaient ridicules.

Le sorcier était-il sincère ? Les villageois envoûtés par cet homme hors du commun en avaient-ils conservé l'une ou l'autre tare ? Avait-il eu des descendants cachés ?

Et moi, devais-je me considérer comme ensorcelé par Jonas ?

J'avais un peu honte, mais je ne sentais aucune présence humaine à l'horizon que je balayais avec attention dans toutes les directions. Je restais à la fois serein et préoccupé par ma recherche qui me rapprochait petit à petit de la faille. La main au ras du sol, je palpais avec méthode tous les recoins sous les feuillages pourpres, jetant les cailloux au loin, pour ne plus les confondre dans une limite trop proche.

Enfin une forme dure qui me fit penser à la dent de coq, par sa rondeur allongée et la douceur de sa surface, stoppa mon geste. Je ne voyais rien sous les fougères rouges aux pieds drus qui étalaient leurs feuillages dentelés comme pour protéger la dent de coq de toute maraude. Je vins à dénicher quelque chose. Je retirai ma main, serrant bien le fruit de ma recherche. Je l'ouvris, tendant les doigts, pour discerner le trésor convoité par moi seul.

J'avais eu la ténacité de ne le révéler à personne. Seul le vieux Jonas Dauphiné avait tout deviné, jusqu'à mon installation secrète au creux de la faille.

De quel don était-il doté pour percer la découverte de « ma » grotte ?

C'était il y a si longtemps. J'inspectai la dent de coq avec crainte et espérance. Seul le fil aussi fin qu'un cheveu manquait ; la dent, elle, était intacte.

Qui l'eût cru, après autant d'années d'un séjour sauvage sans protection ?

Comment était-elle revenue ici ?

Bizarre-bizarre.

Jonas était-il un réel sorcier ?

Je me devais de courir chez le notaire, afin de réaliser le souhait du vieil homme, pour entrer en possession légale du peu qu'il possédait.

J'étais dans les temps. Il me restait deux jours entiers avant la date anniversaire des vingt années après son décès.

Plutôt que de marcher à mon aise jusqu'à mon SUV, je tentai de m'introduire une nouvelle fois dans mon antre. Cette cachette que j'avais abandonnée depuis tant d'années.

Arrivé sur place et par précaution, j'ôtai ma veste de jean délavé, dont les poignets étaient à présent maculés de terre et de verdure, traces de la fouille dans les fougères. Je la posai à l'entrée sous les branchages verts, en m'assurant que la dent de coq se trouvait bien à l'abri dans la poche de gauche.

Les roches de l'entrée, par chance, n'étaient pas trop humides. Je me faufilai avec difficultés, vu ma taille d'adulte, dans le boyau de pierre que j'avais si souvent traversé étant enfant.

Au bout de quelques minutes ardues, je pénétrai enfin, à la lueur de mon briquet, dans la salle où je découvris le spectacle étourdissant que ma petite mémoire avait gravé, ne retenant pas les détails surprenants auxquels je n'attachais pas d'importance étant gamin.

Le lieu me semblait plus petit, mais plus féerique. Soudain, le feu me brûla les doigts. Mon briquet chuta, glissa et rebondit je ne sais où. J'étais dans le noir absolu. Pas une once de lumière, pas un iota de jour ne filtraient jusqu'à moi.

Les chauves-souris de mon enfance retrouvant leur obscurité habituelle se remirent à virevolter dans la salle en rasant mes oreilles. C'est l'impression qu'elles me restituaient. Quel souvenir ! Bizarre-bizarre.

Sans panique, les souvenirs refirent surface. Dans l'obscurité profonde, je me laissai descendre, lentement, vers là où, enfant, mes bougies volées à l'église étaient si souvent tombées. Je heurtai du bras le petit siège pliant qui n'avait pas quitté sa place.

Il glissa à son tour et rejoignit sans doute le briquet et les bougies ?

Achevant ma glissade le long de la paroi rocheuse, moins humide au fur et à mesure que je m'approchais du fond, je sentis un frisson me traverser le dos, les bras et s'arrêter au bout de mes doigts. Je descendis encore un peu quand mon pied droit buta contre le fond de la caverne, plus proche qu'imaginé. Au frisson ressenti s'additionna une douleur incontrôlable à la cheville. Je n'avais pas encore récupéré mon briquet.

Je tentai de clopiner, les mains en avant pour éviter les obstacles. La souffrance devenait insupportable et je ne trouvais pas mon briquet. Je passai les mains dans le fond de la paroi lisse de la roche calcaire à la recherche d'un soutien, d'une bougie et de mon briquet.

Inutile de préciser combien de temps, j'ai cherché, palpé, tâté, sondé, examiné des doigts les faces rocheuses du fond de mon antre. Je n'en ai aucune idée.

Bref, après un certain temps, je posai enfin les doigts sur mon briquet. Plutôt que de l'allumer, je préférai récupérer l'une ou l'autre bougie. Le briquet en bouche, pour m'assurer de ne pas l'égarer à nouveau, je me remis à effleurer les rochers lisses et détrempés du fond de la caverne. Je saisis une bougie blanche. J'en séchai la mèche que j'allumai sans attendre, trop pressé de poursuivre ma redécouverte. J'avais oublié les fumerolles.

Boum !

Une lueur affolante suivie d'une explosion phénoménale eut pour effet de fendre les roches de ma grotte et d'en obstruer l'issue unique. La flamme de ma bougie fut soufflée et moi projeté, je ne sais où, loin du boyau d'entrée dans le noir le plus absolu.

Bizarre-bizarre, j'étais prisonnier de ma caverne, seul dans une odeur de soufre qui m'oppressait. Toutes les chauves-souris avaient disparu. Envolées par une faille qu'elles seules connaissaient. Informées par leur instinct de conservation bien plus développé que le mien ; tout comme les canaris des mines servaient d'alarmes aux mineurs en cas de coup de grisou, elles avaient fui pour retrouver l'air libre, se dérobant au péril.

Bref, je n'avais plus aucune compagnie vivante à mes côtés.

Bizarre-bizarre.

Combien de temps suis-je resté, ainsi privé de tout repère, dans cette immense cavité devenue sans issue ?

Combien de temps ai-je creusé, gratté, glissé ?

Trop longtemps sans doute pour prétendre bénéficier encore de l'héritage de Jonas Dauphiné.

La détonation de l'explosion de la grotte du Grand Ru avait été ressentie jusqu'au village de mon enfance.

Bravant l'avis des anciens, sages du village, plusieurs jeunes, curieux de tout, s'étaient aventurés dans la forêt du domaine, sans doute par le même chemin qu'Edgar. Ils avaient fouillé le SUV renversé par la détonation, pour connaître le nom de son propriétaire. Après quelques moments, la veste de jean, renfermant la dent de coq dont ils ignoraient l'existence et les éventuels pouvoirs, fut découverte à l'entrée de « sa » grotte.

L'un d'eux, plus téméraire, et qui avait déjà aperçu l'entrée auparavant, sans pour autant oser s'y aventurer, tenta de convaincre ses amis d'en dégager l'entrée et leur asséna :

-Je vous dis que quelqu'un y est prisonnier. La veste et le SUV sont des signes qui ne trompent pas.

Après un bref conciliabule, tous se mirent à dégager les roches de l'entrée. On craignait les éboulements. Des gestes coordonnés de prudence furent déployés. On déplaça des pierres. Quelques villageois vinrent en renfort, alertés par la gravité de la situation. On creusa jusqu'à la tombée de la nuit.

Les gendarmes informés recherchaient l'identité du propriétaire du SUV, dont la plaque d'immatriculation semblait fausse. À la gendarmerie, on attendait que l'ordinateur qui buggait se réinitialise pour pousser un grand ouf. Il ramait, ramait, ramait. Personne ne pouvait rien y faire.

Sur place, tous les « sauveteurs » armés de patience et d'outils dérisoires mettaient leurs forces et leurs espoirs en commun pour découvrir qui se terrait, prisonnier de la grotte du Grand Ru.

Y avait-il quelqu'un ?

Était-il seul ?

Était-il encore vivant ?

Vers vingt heures, on décida de suspendre les travaux de sauvetage. On n'avait pas de nouvelles informations des forces de l'ordre. L'ordinateur toujours en panne, les gendarmes patientaient, nerveux.

Rentrant à pied au village, en contournant le sommet de la grotte et le château, quelle ne fut pas la surprise du petit groupe de villageois d'entrevoir dans la pénombre qui s'épaississait une silhouette méconnue.

Se rapprochant, Paul, un des anciens venus à la rescousse, posa la question :

-Mais qui est cet homme ? s'interrogea-t-il à haute voix.

Les autres, pour qui il était aussi un inconnu, se questionnèrent à mi-voix. On ne sut pas s'il s'agissait d'un habitant ou d'un touriste du bourg.

Personne ne se posa la question de savoir s'il était lié à Jonas Dauphiné, l'ancien sorcier.

Que faisait-il sur le chemin privé du domaine ?

Le jeune homme qui s'en était chargé, durant la marche, introduisit machinalement sa main dans la poche de la veste recueillie à l'entrée de la grotte du Grand Ru dévastée. Il en saisit une sorte de grosse perle ovale irisée et percée d'un trou infime.

Dans sa main rugueuse de fermier, elle était douce et lisse. Elle brillait dans la nuit.

La silhouette arrivée à portée d'oreille, interloquée, souffla ces mots :

-Bizarre- bizarre.

Paul, le vieux sage du groupe, intrigué par la découverte du bonhomme, répéta :

-Moi, j'ai dit bizarre-bizarre, comme c'est étrange.

Le personnage, à la face tuméfiée et aux vêtements crasseux, avait repéré l'objet brillant.

Edgar, méconnaissable, répétait sans cesse :

-Bizarre-bizarre. Bizarre-bizarre.

Ce triste sire défiguré, que personne ne reconnaissait, voyait son langage limité à ces mêmes mots.

Le groupe de villageois se résolut à l'aider. Abasourdis par son discours si limité, ils conduisirent l'homme amnésique à la gendarmerie.

Edgar, hébété, n'opposait aucune résistance. Interrogé à plusieurs reprises, ses réponses se limitaient à ces mots : « Bizarre-bizarre ».

L'expertise médicale d'Edgar fut confiée à de grands psychiatres.

Résultat : il fut interné pour le restant de ses jours.

L'entrée de la grotte du Grand Ru fut barricadée par une clôture haute de quatre mètres.

Plus personne ne put y pénétrer.

La vraie dent de coq, sans importance pour les enquêteurs, fut à jamais classée dans un dossier à la gendarmerie…

Quelques mois plus tard, en traversant la cour de la caserne, lors du déménagement des archives, la dent de coq chut du dossier où elle se rongeait les sangs.

Le préposé la ramassa, l'enfouit dans sa poche en articulant : « Bizarre-bizarre ».

Il entendit la voix profonde de son for intérieur lui répondre :

« Moi, j'ai dit bizarre, comme c'est étrange ».

Au même moment, sans raison apparente, la dent de coq sauta de sa poche.

Au contact des pavés de la cour, à l'insu de son entourage, elle se métamorphosa en un superbe destrier à la robe beige crème - celui décrit par le sorcier Jonas.

Contraint par une force invisible, il le chevaucha. Ils quittèrent la gendarmerie dans un galop étourdissant. L'étalon le mena jusqu'à la grotte du Grand Ru.

Une fois sur place, la monture désarçonna son cavalier.

D'une talonnade, le pur-sang projeta le pauvre gendarme innocent dans un choc mortel. Au même instant, le cheval s'écroula au pied de la grotte du Grand Ru dans un nuage de poussière de soufre.

En un éclair, le cheval évanoui dans l'intense nuée de soufre reprit l'apparence de la dent de coq.

Le corps du cavalier s'évapora.

Personne ne résolut l'enquête qui suivit sa disparition.

Dans la région, on recherche encore ce préposé, innocent déménageur des archives.

Si, au hasard d'une promenade, vous arrivez dans les environs de la grotte du Grand Ru, cherchez bien sous les fougères rouges. La dent de coq s'y trouve peut-être encore aujourd'hui. Mais prenez garde !

L'œil et l'esprit de Jonas Dauphiné, le sorcier, pourraient bien vous jeter un mauvais sort…

Au Paradis

Christophe Le Borgne

Je suis un homme occupé. Très occupé. Me consacrant corps et âme à mon travail, j'y passe en général l'intégralité de mes journées. Chef styliste au Paradis, j'avais un nombre incalculable de clients. Des clients venant de tous les milieux sociaux, de tous les continents, de tous les horizons.

Mes gestes se limitaient à découper, coudre, redécouper, recoudre… Je n'aurais ainsi jamais cru avoir autant de travail au Paradis. Un travail de tous les instants avec un flux continuel de clients pouvant débarquer à n'importe quel moment.

Je délègue une bonne partie de mes tâches à mon équipe de 85500 employés et fort de mes 20 années d'expérience au Paradis, ne me concentre plus que sur les cas les plus complexes. Ces cas pouvaient représenter des heures de travail pour un relooking intégral. Dans certaines situations, tout pouvait être à refaire : la tenue, le corps, le visage…

En effet, mon équipe et moi devions s'occuper des 150 000 morts quotidiens qui transitent au Paradis. Quel boulot !

Les technologies facilitaient, c'est vrai, l'accueil des morts au sein d'une organisation millimétrée. Après leur dossier administratif, ils devaient choisir ce que l'on nomme « l'âge parfait » à savoir leur meilleur âge, leur meilleure apparence dans laquelle ils veulent demeurer éternellement au Paradis. Autant dire qu'un vieux croûton débarquant à 70 ans allait plutôt choisir ses 20 ans.

Moi, Tristan Desrosières, chef styliste du Paradis avait choisi 26 ans. L'âge de ma mort. L'âge où j'étais encore un beau blond sosie de James Dean fraîchement entré en école de stylisme. Tout le monde est donc bien jeune au Paradis. A titre personnel, j'aurais plutôt préféré vieillir encore un peu.

En tous les cas, c'est après ce choix que j'entre en scène dans l'organisation « paradisienne ». Les nouveaux morts n'ont à ce moment-là qu'un statut provisoire. Ils doivent d'abord assister au procès de leur vie où sont comptés les bons et les mauvais points de leur existence. En fonction de l'issue du procès, ils peuvent rester au Paradis ou basculer vers ce lieu mythique qu'est l'Enfer.

Ma mission consiste donc à rendre les morts présentables en vue de leur procès. Le tout chapeauté par les anges divins (toujours des hommes qui peuvent voler avec leurs deux ailes pailletées) qui ont l'œil partout. Même Dieu en personne vient quelquefois faire une petite tournée parmi nous pour prendre un revigorant bain de foule.

Un vieil homme en barbe blanche ? Ce sont des conneries terrestres. Dieu a choisi pour âge parfait la vingtaine sémillante et l'apparence d'un beau brun charmeur tout droit sorti d'une sitcom télé. Il ressemblait davantage à un homme politique en campagne plutôt qu'à une figure spirituelle.

Il dégageait une réelle sympathie, avait toujours le sourire et le mot pour rire pour un nouveau mort. Mais sa présence était toujours en coup de vent comme s'il ne s'intéressait pas vraiment aux gens. Ces gens, dont certains l'ont prié toute leur vie.

Cette supervision divine ne pouvait occulter la réalité des longues files d'attente et de morts en bien mauvais état.

L'apparence vestimentaire ne constituait qu'un détail final lorsqu'on se retrouve confronté à des morts défigurés, des membres arrachés sans oublier ceux qui sont moches naturellement. Autant dire que pour certains, les rendre regardables au procès relevait de l'authentique exploit. Mais on y parvenait tant bien que mal.

Ainsi allait la vie (après la mort) dans la fourmilière du Paradis. Chacun avait une occupation pour participer au bien de la communauté « paradisienne ». Chacun avait son terrain, sa maison, de la nourriture à volonté, plus aucune notion du temps et plus aucun problème de santé. Dans le temple de la vie éternelle, il suffit de penser ce que l'on souhaite pour exaucer ce souhait dans la seconde et assouvir son désir (sauf sexuel !). Le Paradis devenait ainsi le summum du consumérisme avec de nombreux « paradisiens » entamant des collections de chaussures de grandes marques, passant leurs journées dans des jacuzzis ou devant des consoles de jeux. Tout cela sous un halo de lumière blanche puisque tout est blanc au Paradis (sur ce coup-là, les terrestres ont eu raison). Malgré tout cela, les « paradisiens » restent des anciens terrestres et donc d'éternels insatisfaits. La vie éternelle génère bien souvent de l'ennui, de la monotonie et beaucoup en viennent à regretter leur vie terrestre si imparfaite, mais si imprévisible. C'est ce qu'on appelait « le spleen terrestre ».

Je le ressentais moi aussi bien souvent avec le sentiment d'une vie terrestre fauchée en plein vol et bien trop courte. Mails l'algorithme divin qui décide du moment de nos morts en avait décidé ainsi. Ce spleen s'accentuait une fois par mois quand j'avais l'autorisation mensuelle de regarder sur Terre via « le télescope familial ».

Je pouvais ainsi voir sur un écran les personnes chères à mon cœur (uniquement de ma famille) que j'avais laissé à ma mort. Je voyais ainsi souvent mes parents tristes à faire le deuil de leur fils unique puis progressivement à tenter de refaire (un peu) leur vie en reprenant le dessus.

Un jour (je ne sais plus lequel ; tous les jours se ressemblent ici), ma vie de paradisien bascula. C'était le fameux jour du « télescope familial ». J'allumai l'écran du moniteur de mon salon pour avoir une vision de mes parents. Personne. Personne dans la propriété familiale. Personne chez leurs amis. Je pressai alors le moniteur d'aller au caveau familial au cimetière de Saint-Bourg. Je découvris avec stupeur que ma tombe au nom de Tristan Desrosières n'était plus seule. Celle-ci fut alors rejointe par deux tombes ornées d'une croix d'un marbre gris aussi froid que la mort. Les inscriptions furent également très sobres : « Jean-Eudes Desrosières 1950-2019 » sur l'une et « Ghislaine Desrosières 1953-2019 » sur l'autre.

Papa et Maman décédés. Super ! Quelle bonne nouvelle ! Je me languis de les revoir au Paradis. Je fus désagréablement surpris de ne pas avoir été mis au courant, mais les oublis et les imbroglios administratifs étaient monnaie courante ici.

Je me précipitai à l'Entrée des nouveaux morts (plusieurs longues files d'attente sur des sentiers blancs au milieu de plaines d'herbe blanche) pour pouvoir les apercevoir en espérant que leur mort ne datait pas de plusieurs jours. Au milieu de toutes ces personnes âgées, de ces enfants cancéreux soulagés d'avoir enfin quitté leur chambre d'hôpital, j'aperçus enfin mes parents. Les séances de « télescope familial » m'avaient permis de conserver une vision très nette de leur physionomie. Ils me reconnurent aussitôt. L'apparence de mes 26 ans dut être leur image de moi gravée à jamais dans leur mémoire. Pour l'éternité.

La joie des retrouvailles laissa place à une émotion indicible. Sans mot dire, les larmes coulèrent sur nos yeux rougis. Nous nous prîmes dans les bras, juste pour sentir l'autre, pour être bien certain que ce n'était pas une illusion. Ma mère fut à deux doigts de s'évanouir, mais l'envie de continuer à observer son fils unique dut être la plus forte.

Les deux étaient vêtus de leurs beaux habits du dimanche pour aller à la messe : un complet noir avec la sainte trilogie costume, cravate et gilet pour mon père et une belle robe blanche à fleurs pour ma mère. L'arthrite et les cheveux blancs avaient fait leur œuvre, mais leur amour ne semblait pas avoir pris une ride.

Mais je remarquai alors que les deux avaient une grosse entaille relativement profonde sur le crâne.

Je ne pus m'empêcher de les interroger :

« - Mais au fait, vous êtes morts comment ?

- Après la messe, on s'est installés, ton père et moi, sous la véranda. Tu sais, celle qui ne tenait déjà pas… quand t'étais là ?

- Quoi ? Vous ne l'avez jamais changée depuis le temps ?

- Eh, non ! Un coup de vent ; elle a fini par céder et nous a fendu la tête.»

Un accident domestique ridicule. L'une des premières causes de venue au Paradis.

Face à l'attente devant les bureaux, mon père commença à râler :

« - Que c'est long ! C'est encore pire que l'administration française ! »

Je décidai de profiter de mon statut de chef styliste officiel pour faire passer mes parents en coupe-file. Les modalités d'entrée furent rapidement établies et mes parents choisirent l'âge de leur rencontre à savoir la vingtaine comme âge parfait. Mais cet âge ne peut leur donner l'apparence physique choisie qu'après le procès de leur vie.

J'expliquai alors à mes parents ma véritable fonction au Paradis :

« - Vous allez désormais aller au procès de votre vie pour déterminer la balance entre vos actes positifs et négatifs. Ça peut être impressionnant ; vous allez voir votre vie défiler en accéléré et les points seront comptés. Vous restez au Paradis en cas de balance positive et c'est direction l'Enfer en cas de balance négative. Ne vous en faites pas, ça sera une formalité pour vous si on considère votre gentillesse et votre piété.

- On espère, fiston ! On espère ! répondirent-ils.

- C'est avant le procès que j'interviens. Je suis chef styliste depuis plus de 20 ans ici. Je n'ai pas une seule seconde d'ennui. On va vous soigner et vous relooker pour le procès.

- Merci ! On est fiers de toi ! On aurait préféré que t'ailles au bout de ton école de stylisme, mais on est contents que t'aies pu suivre ta vocation ici. »

Je soignai tout d'abord les entailles sur les deux crânes avec le « guérisseur automatique », machine typiquement « paradisienne » ressemblant à une petite télécommande qui permet de soigner n'importe quelle blessure en quelques secondes. Pour Dieu, ce « guérisseur automatique » doit rester au Paradis, car les terrestres doivent souffrir pour mériter de venir ici.

Puis, l'heure de la mode arriva. Je proposai sur une tablette (autre invention qui existe depuis des lustres chez nous) un large choix vestimentaire à mes parents. En vue du procès, nous firent le choix de vêtements sobres et élégants : costume noir sur mesure et mocassins en cuir pour papa et tailleur gris agrémenté de chaussures à talons noirs pour maman. Chic, mais pas présomptueux. Raffiné tout en demeurant simple et accessible. Une équation pas toujours facile à résoudre, mais je sus trouver l'équilibre parfait pour mes parents. On ne pouvait jamais prévoir ce qui était susceptible de se passer dans un procès paradisien. Mais j'eus entièrement confiance en mes parents lorsque je les laissai devant le tribunal paradisien 734 (il y en avait 850), grand bâtiment blanc à l'architecture stalinienne.

Mes parents avaient su mener une vie simple et altruiste avec une générosité confirmée par de nombreux engagements caritatifs ainsi qu'une pratique assidue de la religion. Ils semblaient cocher toutes les cases.

Je tentai de les rassurer en leur précisant bien que ce n'était qu'une formalité.

Je leur demandai innocemment :

« - Vous n'avez aucun secret inavouable ?

- Non, mon fils ! Rien du tout ! répondirent mes parents. »

Ce fut l'heure de les quitter, car nul n'était autorisé à assister au procès d'autrui sauf circonstances exceptionnelles. Je serrai tendrement mes parents dans mes bras en insistant bien que ce n'était qu'un simple au revoir et qu'on se verrait dans quelques heures (durée moyenne d'un procès d'une vie).

Après avoir laissé entrer ma mère, c'est alors que mon père se retourna vers moi l'air contrarié :

« - Fiston, je sais que tu connais bien mieux que nous les us et coutumes du Paradis, mais on ne sait jamais pour la suite. Au fond, on plonge un peu dans l'inconnu et on ne peut jamais prédire l'issue d'un procès.

- Certainement, papa. Mais vraiment, je t'assure. Tu n'as pas à t'en faire.

- Oui, je sais, mais il vaut mieux toujours être prudent. Peut-être qu'on ne se reverra plus.

- Mais non, papa. Il ne faut pas parler comme ça, tout va bien se…

- Tu as un fils !

- Qu… QUOI ?!

- Oui, tu as bien entendu.

- Mais… Mais comment est-ce possible ?

- C'est simple : ta petite amie de l'époque, celle avec qui tu étais lors de l'accident… Lola est donc sortie indemne de la voiture et était enceinte à ce moment-là. Ton fils a 25 ans aujourd'hui. Damien. Il s'appelle Damien. Je tenais à te le dire avant tout ça pour que tu le saches, car elle ne savait pas non plus qu'elle était enceinte. C'est lorsqu'elle est arrivée à l'hôpital que les médecins se sont rendu compte de sa grossesse. Bon, je dois te laisser, fiston.

-Euh… »

Mon père disparut derrière la lourde et impénétrable porte blanche du tribunal. Je m'assis sur une des marches du bâtiment. Abasourdi. Interloqué. Décontenancé.

Le passé revint noyer mon esprit comme à mes premières heures post-mort les plus sombres. Un fils.

N'étant pas considéré comme un membre répertorié de ma famille, ce… Damien ne pouvait être visible sur le « télescope familial ». La peur. L'incompréhension. La douleur de ne pas avoir vu grandir son enfant. La mort, la disparition, l'arrivée au Paradis fut vraiment une condamnation absolue. J'eus des tonnes de questions, mais les seules personnes pouvant me répondre se faisaient « cuisiner » au tribunal.

J'attendis alors seul sur une marche du tribunal.

Je me remémorai cette nuit glaciale de février. La dernière de ma vie terrestre. Après une soirée (très) arrosée afin de fêter mon adhésion en école de stylisme, je décidai de rentrer en voiture malgré les supplications de Lola m'enjoignant à rester raisonnable. Je parvins même à convaincre celle que j'imaginais comme ma future femme de monter à bord.

Une route verglacée. Un virage serré. Un arbre centenaire. Un corps projeté. Après avoir repensé à tout cela, je fus empreint d'un fort sentiment de honte. La honte d'une mort ridicule et banale. La honte d'avoir laissé une femme seule s'occuper de son fils pendant toutes ces années. Je me rendis compte que j'avais passé toutes mes années paradisiennes à m'enfermer dans mon travail de styliste me prenant pour le Jean-Paul Gaultier du Paradis pour ne pas avoir à me triturer mes regrets. C'est de cette façon que je pus digérer mon arrivée ici. Quand on est terrestre, on espère au moins un au-delà ce qui donne un espoir. Mais ici au Paradis, il n'y a plus rien après. Cette nouvelle perspective d'un fils me permettait de m'accorder un après. Je n'avais pas à remercier Dieu pour ça : celui-ci s'en fichait éperdument.

Plongé dans cette douce introspection, je ne vis pas le temps passer. Au bout de quatre heures, j'aperçus la silhouette rassurante de mes parents. Connaissant leur photo de mariage accroché à l'époque dans le salon, je pus les reconnaître. Ils avaient gagné leur ticket pour le Paradis et la jeunesse éternelle. Fous de joie, ils m'étreignirent en sursautant comme les petits jeunes qu'ils étaient redevenus. Ils furent menés à leur maison située juste à côté de la mienne et découvrirent les premières joies du Paradis. Comme ce fut étrange de côtoyer mes parents ayant un âge similaire au mien ! C'est l'une des nombreuses bizarreries rendues possibles par ici.

Au bout de deux jours, je ne pus m'empêcher de vouloir à tout prix leur poser des questions sur Damien, car cela occupait toutes mes pensées. Invité à un de leurs nombreux festins, j'interrompis l'ambiance épicurienne :

« - Je voudrais avoir des renseignements sur mon fils. Depuis que papa m'en a parlé, je…

- Quoi ?! Tu lui en as parlé ? cria ma mère semblant en faire le reproche à mon père.

- Oui, il est important qu'il sache, non ? répondit mon père.

- Pourquoi ? Il y a un problème avec Damien ?

- Tu sais, c'est quoi le problème avec Damien ? Il me faisait honte en tant que mamie. Ton fils est un paumé comme sa conne de mère. Lola était déjà paumée quand tu la connaissais. Elle s'accrochait à toi comme une sangsue. Alors, tu l'imagines seul avec un gosse ?

- De quoi tu parles, maman ??

- Lola a refait sa vie...avec plusieurs hommes. Toujours instable à joindre les deux bouts. On l'a aidé tant que possible. Mais elle avait du mal à s'en occuper. N'ayons pas peur de le dire : Damien est devenu un délinquant. Vols de voitures, trafic de drogues, maison de correction, prison pour adultes. Voilà le palmarès de Damien. Tu veux revoir ton fils ? Cela pourrait peut-être arriver plus tôt que prévu.

- C'est vrai, papa ?

- Oui, fiston. Mais ta maman exagère : il a vraiment un bon fond et reste très attaché à sa mère.

- Il a manqué d'un papa, c'est ça ?

- On peut dire ça. Mais en tous les cas, il te ressemble comme deux gouttes d'eau ! insista mon père. »

Plongé dans l'incertitude et l'impossibilité d'utiliser le télescope familial pour l'observer, je dus me résoudre à attendre mon fils. Cette attente devenue seul objectif de cette vie paradisienne. Cette attente partagée entre impatience de voir enfin ma progéniture et crainte de notre rencontre signifiant sa mort terrestre. De toute façon, seul l'algorithme divin pouvait en décider. Je n'avais plus qu'à attendre entre morts à recoudre, fiestas paradisiennes interminables et parents devenus jeunes encore plus chiants que quand ils étaient vieux. Attendre.

Six ans plus tard

Un jour (ils se ressemblent toujours autant au Paradis), j'appris par mes contacts aux bureaux administratifs qu'un sosie un peu plus vieux que moi traînait sagement en file d'attente. Toujours réactif malgré les fausses alertes (une vingtaine de « faux fistons » en six ans) , je décidai de m'y rendre sur-le-champ. Et là… C'était sûr, c'était bien lui. Un vrai sosie de son père. Svelte, blond et élancé. Avec son blouson en cuir et sa mèche de cheveux sur le côté comme me le décrivit son grand-père. Si mes comptes furent bons, il dut avoir 31 ans environ. Sa vie terrestre fut donc bien courte. Je continuai à l'observer de loin et remarqua une grosse plaie béante sur son abdomen. Certainement le signe d'une mort violente par un coup de couteau. Une vraie fin de délinquant.

Je décidai d'attendre son passage au relooking pour ne pas le brusquer. Mais une fois passées les formalités des bureaux administratifs, nos regards ne purent s'empêcher de se croiser. Il fronça les sourcils et écarquilla les yeux : notre ressemblance lui sauta aux yeux comme une évidence.

Il m'interpella avec un enthousiasme rassurant :

« - On se ressemble… Putain ! C'est… C'est toi ! J'veux dire : t'es mon père ou un truc dans le genre ?!

- Oui, je suis ton père.

- Oh ! Merde ! Le remake de Star Wars, j'y crois pas.

- C'est clair ! J'ai du mal à croire qu'on soit réunis. »

A ma grande surprise, il vint vers moi et me serra dans ses bras sans mot dire. Pas de larmes. Juste la joie et le besoin d'être ensemble. Enfin.

« - Ta maman t'a expliqué que j'étais en école de stylisme à l'époque.

- Carrément ! Trop stylé !

- Ici, je relooke les gens. J'imagine que tu veux garder ton blouson en cuir.

- Oh que oui ! Il est beau, hein ?

- Il est super ! Tu sais, je dois te relooker rapidement pour ton procès.

- Mon procès ?

- Oui, le procès de ta vie »

Cette nouvelle ne l'enchanta guère. Il avait compris que son admission au Paradis n'était que temporaire. Il fondit en larmes tout en criant :

- « Je vais aller en Enfer ! J'ai fait que des conneries !»

Il me décrivit alors sa vie d'errance, les petits boulots, les petits deals, les assistants sociaux, les vols, la prison. Après m'avoir expliqué sa vie, il m'expliqua sa mort. Un simple coup de couteau sous les douches de la maison d'arrêt pour une dette non remboursée.

La vie de Damien ne pouvait correspondre aux critères d'admission du Paradis. Plus j'écoutai ce récit, plus je me rendis compte que l'issue de son procès ne faisait aucun doute. Il n'y avait pas de miracles au Paradis. Pas de place pour les marginaux, les vies cabossées, les zigzags.

Je fus désespéré à l'idée de reperdre de nouveau mon fils. J'y réfléchis pendant que je fis disparaître toutes les traces du coup de couteau. Je tentai d'en faire un homme neuf à coups de propositions de costumes cintrés. Mais rien n'y fit. S'il fut disposé à faire des efforts sur le reste de sa tenue, son procès ne se ferait pas sans son blouson en cuir.

Je lui lançai :

« Et puis, merde ! Tu as le droit d'être toi-même au procès ! »

Une belle chemise blanche, un jeans blanc et des bottines beiges en daim accompagnèrent le blouson. Damien choisit comme « âge parfait » l'âge de sa mort à savoir 31 ans.

Le moment du procès n'attendit pas : la machinerie implacable de l'administration paradisienne n'accordait pas de place pour les temps morts. Nous furent priés de nous diriger à grandes enjambées vers le tribunal 622 pendant que l'anxiété de Damien grandissait à vue d'œil. Son regard inquiet, sa démarche hésitante, son front dégoulinant de sueur suintait l'aura d'un condamné.

Pendant ces longues minutes, j'eus le temps de réfléchir afin de trouver une solution et en fit part à mon fils :

« Écoute Damien, je connais bien le Paradis. J'y ai plus vécu que le monde terrestre. Et pour moi, je ne vais pas te raconter de bobards : tu n'as aucune chance.

- Bah ! Merci ! C'est super gentil de me rassurer. Je ne suis pas assez bien pour ici, c'est ça ?

- Je sais, c'est super dur à entendre. Ne te vexe pas. Il existe une solution.

- Laquelle ? »

Je lui expliquai alors ce qui constituait pour moi la seule porte de sortie possible pour lui. Malgré ses récriminations, je décidai donc d'entrer avec lui dans le bâtiment blanc impersonnel du tribunal 622 ressemblant à tous les autres.

Nous entrâmes dans un amphithéâtre entièrement blanc. Un simple pupitre noir au milieu de la pièce était réservé au nouveau mort. Les trois juges (deux anges divins et un membre du Paradis tiré au sort) siégeaient à la plus haute estrade de l'amphithéâtre. Évidemment vêtus en blanc, ceux-ci demeuraient assis avec à leur gauche un immense écran censé faire défiler la vie de Damien en accéléré et à leur droite un grand tableau numérique divisé en deux colonnes « Plus / Moins ». Le jury s'apprêta donc à cocher des croix dans les cases Plus ou Moins quand il se rendit compte que Damien n'était pas seul.

Le premier ange prit alors la parole :

« - Bonjour. Je suis l'ange Anthony et je préside cette cour pour le procès de la vie du nouveau mort Damien Plabennec que j'aperçois ici. Je vois qu'il est accompagné. C'est donc pour une procédure de substitution. Mais il faut avoir un lien fort avec le nouveau mort. Qui êtes-vous, monsieur ?

- Je suis son père, Tristan Desrosières. Je vous laisse vérifier. »

Après avoir procédé à une rapide vérification, l'autre ange intervint :

« - Je suis l'ange Saad. Pour faire vite, nous vous confirmons qu'après une rapide étude de l'existence terrestre de monsieur Damien Plabennec, celle-ci n'aurait pas été jugée positive à l'admission définitive au Paradis. La procédure de substitution est donc l'unique possibilité pour Damien Plabennec d'intégrer le Paradis. Je me dois de vous rappeler les règles inhérentes à la substitution.

La substitution permet donc à un membre de la famille uniquement de se porter volontaire pour remplacer une personne qui aurait une vie trop négative pour rester au Paradis. Le volontaire perd sa place de façon définitive au Paradis au profit du nouveau mort et doit le remplacer en Enfer. Le nouveau mort a une période de sursis de trois ans au Paradis pendant laquelle son comportement sera analysé. Une décision définitive est alors prise au bout des trois ans.

J'en viens donc au fait : monsieur Desrosières, voulez-vous vous substituer à votre fils ici présent Damien Plabennec ?

- Oui, ma décision est mûrement réfléchie.

- Très bien, monsieur Desrosières. La substitution est validée.

- Non, papa. Je ne mérite pas le Paradis. »

Je regardai Damien en souriant et lui dit :

« - Mon fils, j'ai fait mon temps ici. J'aurais juste voulu passer plus de temps avec toi ici ou sur Terre. Ne pleure pas. Tout le monde mérite son p'tit bout de Paradis. Je suis fier et heureux de le faire pour toi. Je n'ai pas été là quand il le fallait. Maintenant, je veux être le père qui protège enfin son fils. Laisse-moi au moins ça. »

Il hocha de la tête en guise d'assentiment et me prit dans ses bras. Nous pleurâmes en silence. Les anges se rapprochèrent pour nous signifier l'imminence de la séparation.

J'observai une dernière fois mon fils :

« -Prends soin de toi. Surtout, profite ici et ne fais pas le con pendant le sursis. Je compte sur toi. Je ne veux pas revoir ta sale tronche.

- Je te rappelle que t'as la même.

- Tu salueras ta maman quand elle viendra. Tout va bien, je t'aime mon fils.

- Je... Je t'aime papa. »

Je lâchai mon fils en pleurs pour suivre les anges qui me conduisirent derrière les travées de l'amphithéâtre.

J'aperçus le fameux « tunnel de la disparition » qui faisait frémir tout le Paradis. Il s'agissait d'un simple trou noir. On pouvait l'arpenter comme si on descendait d'un toboggan de parc aquatique. Je regardai les visages graves des anges tout en m'asseyant sur le bord du tunnel. Je n'avais jamais vraiment imaginé l'Enfer, mais je commençai à comprendre alors qu'il n'y en avait probablement pas. Le tunnel portait bien son nom : c'était ma disparition pure et définitive. Ma mort réelle. C'était donc ça, le vrai Enfer. Je pris ma respiration et disparus dans le tunnel. Pour partir. Définitivement.

Le rémora

Jean-Pol Rocquet

« Dehors, maudit voile de bruvert ! Notre porte t'est définitivement fermée ! Tu ne porteras pas ici ni tes étranglements ni ta bile noire !» C'est en ces termes, ponctués par des gestes quelque peu emphatiques que maître Jacques Sorel vient de me chasser. Ilétait alors revêtu de la houppelande de caoutchouc ; il portait un masque à gaz et un chapeau de pluie. Sans doute voulait-il convaincre sa femme, Béatrice – et peut-être lui-même - qu'il ne se débarrassait pas de moi, mais de cette saloperie de brouillard vert sombre, en prétendant que je risquais de répandre le voile mélancolique dans la maison. Il était temps, a-t-il ajouté, car la brume verdâtre allait s'épaissir ; c'était à ce moment qu'elle devenait contagieuse et mortelle.

Je reste un moment face à la porte close, stupéfaite, parce que je sais que mon ombre ne traîne pas derrière elle la maladie de la brume verte : mes yeux ne rougissent pas ; mon teint ne pâlit pas ; la fatigue ne m'a pas saisie, je ne vomis aucune bile noireet je respire sans étouffer. Pourtant, il faut bien que je m'éloigne de la domus alba : « la maison blanche » ainsi nommée parce qu'elle est construite en pierres de la Mauminière, un tuffeau blanc. Maître Sorel est un homme qui a bien des charmes, mais qui souvent tombe dans la démesure. Au prétexte qu'il est notaire et que ses clients lui donnent du « maître », il prétend que sa domestique s'adresse à lui dans les mêmes termes. Mon éviction brutale me semble plutôt une preuve de son indifférence et d'une lâcheté que je n'arrive pas à comprendre.

J'accroche ma main à la grille qui s'est refermée, en espérant qu'elle s'ouvrira sous la pression. Je suis si désespérée ; personne ne m'attend plus, ni ici ni ailleurs. Quand je ne sais pas vers quelle destination je dois me diriger, j'attends que mon rémorase place sous mes pieds ; pourtant, je demeure un long moment sans qu'il se manifesteet je me demande s'il n'est pas irrité parce que j'ai refusé de lui obéir le jour où j'ai franchi la porte du bureau de maître Sorel, il y a bien longtemps, bien avant la grande expansion de bruvert ; c'était quelques mois après mon arrivée au domaine de la domus alba. Le poisson-pilote s'était placé en travers du seuil pour m'interdire un passage que j'avais forcé. Je savais ce que le notaire voulait ; c'était assez facile à deviner depuis le temps qu'il tournait autour de moi ; je m'attendais à être pressée contre son torse. Je n'aurais pas refusé son baiser qui me garantissait un avenir, à l'abri du monde et de ses dangers. Je ne craignais pas outre mesure ce petit homme que je pouvais bousculer aisément, s'il se montrait trop entreprenant. J'étais sur mes gardes afin que l'affaire n'aille pas trop loin. Mais, contre mon attente, maître Jacques s'était montré galant sans outre mesure ; il m'avait pris la main et m'avait complimentée pour les services que je rendais. Il m'avait félicitée pour l'attention que je portais à son épouse, Béatrice. Peut- être avait-il compris que j'avais perçu sa vraie nature ? Peut-être se méfiait-il de mes intuitions et sa manœuvre était destinée à me déstabiliser ? Une autre hypothèse pouvait être envisagée : c'était qu'il était plus malin, plus retors qu'il apparaissait. Il attendait son heure. Quoi qu'il en soit, je n'ai pas compris pourquoi mon poisson-pilote avait voulu m'interdire cette rencontre. Je l'ai réprimandé, non pas tant parce qu'il s'était trompé, ou parce qu'il avait essayé d'entraver ma volonté, mais bien plutôt parce qu'il devenait encombrant, inutile. Je n'étais plus une petite fille qu'on dirige ! Depuis cet épisode, je n'ai pas revu mon rémora.

Il faut que je m'éloigne de la domus alba, avant que la nuit tombe, et avec elle la brume verte qui flotte alentour. Je franchis les limites de la propriété et c'est avec soulagement que je sens, à nouveau, la présence de mon ange gardien, sous mes pieds.Je suis rassurée : il ne m'en veut plus. Sans doute retrouve-t-il cette nécessité qui le pousse à m'indiquer la meilleure direction. Je peux partir très loin ; même si j'ignore madestination, je sais que je serai menée à bon port ; je sais aussi que, si je veux revenir vers la maison blanche, mon poisson-pilote m'y ramènera.

Le rémora est apparu très tôt, dans mon enfance, au Bénin, au cours d'une cérémonie dans une des mangroves du fleuve Mona. J'étais alors une fillette devenue femme, très tôt. C'était le signe qu'une divinité majeure : Héviosso, dieu du tonnerre, Ogou, dieu du feu ou peut-être même Lisa, dieu du soleil, du ciel et du pouvoir, avait unprojet pour moi. Quand des vagues se sont formées sur la mangrove, alors que le vent nesoufflait pas, mes parents ont compris que je serai poussée au large, très loin, que ma destinée serait marquée par des tribulations qui pouvaient me tuer autant qu'elles pouvaient me renforcer. Si j'étais inquiète, je n'étais pas terrorisée, car je pressentais que les puissances qui m'avertissaient me viendraient en aide, d'une manière ou d'une autre.Quand j'ai senti la puissance de la lame qui léchait mes pieds, j'ai pensé qu'il fallait queje m'éloigne ; cependant, je ne savais où porter mes pas. J'ai attendu que la vapeur se dissipe au-dessus de la mangrove ; je me suis tenue sur une jambe, c'est ainsi qu'on m'avait appris à me reposer ; je n'ai pas bougé ; j'ai senti la caresse d'un poisson sousla voûte plantaire du pied enfoncé dans la vase. J'aurais dû être étonnée, au pire effrayée au moment où l'animal s'est collé à moi. Au contraire, je me sentais forte. J'ai su qu'il fallait me mettre en route, certaine qu'avec ce pilote, la puissance du vaudou continuerait à me protéger et à m'épanouir. Cette hésitation avait été féconde, car si elle ne me permettait pas de rester plantée là au bord du monde, elle m'autorisait à chercher la direction que je devais prendre. J'ai hésité, mais comme la seule issue était celle du départ, j'attendais le moment propice. Parmi tous ceux qui étaient présents, il n'y avait que moi qui étais agitée par les plus grandes émotions : la colère, la peur aussi et la joie par-dessus tout. J'étais choisie, à n'en pas douter, femme et enfant pour accomplir quelque part une couture pour relier deux univers : celui des esprits et celui des humains. Mon peuple et ma famille avaient trop souffert ; les plaies étaient encore vives et ils avaient besoin de cicatrices. Je devais donc partir pour accomplir un acte réparateur. J'ai su que j'allais m'éloigner, mais j'ignorais où diriger mes pas. Le rémora allait me diriger. J'avais un destin et devais m'y conformer. C'est ce que je croyais. C'était dans un autre temps, autre part.

Le voyage avait été long, périlleux : j'avais éprouvé la faim, le froid et lachaleur, l'angoisse d'une séparation qui m'éloignait de plus en plus des miens et de mon style de vie. J'avais surtout éprouvé l'angoisse de la proie confrontée à la convoitise des hommes qui me considéraient comme une esclave, un jouet, une source de revenus.

Quand je me suis installée dans la domus alba, j'ai cru que j'étais arrivée au port. J'ai oublié la colère et la vengeance. J'ai même oublié la présence de mon rémora qui s'était réfugié quelque part dans une mare du parc. S'il ne se manifestait pas, c'était que je devais rester dans ce lieu où je menais une existence ordinaire, celle d'une domestique, contrainte aux tâches du ménage, de la cuisine, de l'entretien du jardin.Sans compter les obligations d'une servante attentive aux relations qui reçoit les confidences de Madame et les attouchements de Monsieur qui devenait de plus en plus pressant. Ce qui m'était imposé m'apparaissait routinier et fastidieux. Pourtant, avec le temps, j'ai accepté cette condition de bonne à tout faire. Sans doute en raison de la sécurité qu'elle m'offrait. J'avais quitté l'Afrique. Le temps de l'errance avait été une source d'inquiétude. Celui de la domesticité avec ses routines, une assurance contre les circonstances imprévisibles.

Au moment où je dirige mes pas vers le village, je ressens la honte d'êtrechassée me quitter ; je retrouve l'amertume d'une colère froide qui gagne mon corps. Cependant, une caresse sous la plante des pieds m'incline à lever la jambe ; j'entrevoisle long poisson qui s'empresse de se réfugier sous mon autre pied.

Je marche jusqu'à Montsoreau, à regret. Le domaine de l'île au Than préservait des vicissitudes, en particulier du péril qui menace aujourd'hui ma vie ; à chaque angle de rues, à chaque coup de vent, je redoute que le bruvert s'attache à ma chevelure, descende sur mon visage et pénètre dans mes narines. Je ne possède aucune protectionet si je croise une ombre, elle est revêtue de la combinaison protectrice. Les silhouettes, dès qu'elles m'aperçoivent, s'éloignent afin de m'éviter. Quand une patrouille militaire s'annonce, je me dissimule autant qu'il m'est possible, tout en craignant qu'un voile de brume vienne flotter au-dessus de moi. Je sais que s'il s'installe, c'est la mort assurée.

C'est à la fin de l'année dernière que sont apparues les nappes blafardes. Elles flottaient au-dessus de la tête des femmes, des hommes ou des enfants qui inhalaient un gaz fatal. Au début de la catastrophe, on parlait de « gaz », par facilité, parce que cette masse verdâtre flottait dans l'air et, sans doute, parce que l'idée de gaz est liée à une matière dangereuse, quelque chose d'impalpable qui surprend et qu'on ne peut éviter. Mais bientôt on a constaté qu'il était impossible d'identifier sa masse molaire, de rendre compte de sa composition chimique et de le compresser. D'autre part, cette « chose » n'occupait pas l'espace dans lequel elle se trouvait. Elle flottait dans l'air, tel un nuage, un brouillard. C'est la raison pour laquelle on l'a qualifiée de « brume verte » ; puis, avec le temps, pour rendre compte de cette monstruosité devenue familière, on l'a nommée « bruvert », au masculin. Seuls, quelques individus qui se piquaient de correction désignaient le phénomène au féminin.

On ne savait pas d'où provenaient les nuages verts ; on ignorait ce qui les constituait tant ils étaient mystérieux. Et comme ils étaient porteurs de mort, aucun humain ne pouvait s'approcher d'eux, même si les tenues de protection constituaient un rempart temporaire contre l'invasion verdâtre : le brouillard ne pénétrait pas dans le corps. Il flottait autour de la tête, sur le chapeau et les lunettes, attendant le moment où, exaspérées, aveuglées, affolées, les victimes se débarrassaient de leur masque à gaz. Cependant, certaines personnes avaient cultivé l'art de résister au siège du bruvert ; ellesattendaient le vent qui poussait ou dissipait le nuage. Quand elles étaient assaillies, elles avançaient avec prudence, à tâtons, à la manière des aveugles. Les rumeurs les plus étranges circulaient : le bruvert venait de l'espace ; ou bien, c'était une arme nouvelle attaquant aussi bien les ennemis que les amis de puissances qui n'hésitaient pas à sacrifier leurs compatriotes. D'autres enfin évoquaient une punition divine ou uneattaque extra-terrestre pour mettre un terme à l'hubris, la démesure humaine. Les victimes n'étaient pas si nombreuses, mais leur mort par asphyxie semblait si atroce que, seuls les individus les plus expérimentés, les plus braves, se risquaient à sortir au-dehors revêtus de la grande pèlerine en caoutchouc, protégés par le masque à gaz, le chapeau de pécheur. Pour conjurer les mauvaises rencontres avec le bruvert, des croyants organisaient des marches et des danses propitiatoires, Il faut dire que les rumeurs étaient alimentées par l'ignorance des savants. Les physiciens, les médecins, les chimistes du monde entier essayaient d'étudier le bruvert et de le neutraliser, sans succès. Ceux qui se risquaient à l'approcher mouraient sans pour autant apporter, sinon un remède, au moins une connaissance. Des gouvernements tombaient. Des sectes adoraient le brouillard blafard en lui accordant une valeur rédemptrice. Ils allaient jusqu'à lui offrir des sacrifices d'animaux considérés d'une grande valeur, car les bêtes n'étaient pas menacées par le phénomène.

Ceux qui se risquaient au-dehors pour rechercher quelques provisions attendaientla nuit. Ils se faufilaient le long des rues dans leur tenue de protection. Les commerçants, barricadés recevaient les commandes sur une ardoise ou un bout de papier. Ils préparaient les produits, les réunissaient dans un sac. Ils présentaient leur facture. Une fois qu'ils avaient payé, les clients se retiraient afin de laisser la place à un autre consommateur. Avant de se risquer dans la rue, les acheteurs attendaient unmoment favorable, un coup de vent semblait propice, car le bruvert était ballotté sans pouvoir s'attacher à un crâne, à une épaule ou à un dos.

Quand une bourrasque venait à souffler, les gens se précipitaient au-dehors. La plupart en profitaient pour faire des provisions ; certains faisaient la fête, tandis qued'autres allaient prier dans les églises. Des audacieux restaient jusqu'à la limite au-dehors, se jetant dans des abris quand les feuilles des arbres ne faisaient plus que trembler. Enfin, des désespérés se laissaient aller à l'oubli, et regardaient une dernière fois le soleil se lever ou se coucher, alors que le souffle du vent s'apaisait ramenant les miasmes verdâtres en quête de proies.

La mort n'était pas instantanée ; elle se faisait longue à venir. Au début, les victimes n'éprouvaient qu'une gêne respiratoire, puis elles éternuaient ; des quintes de toux soulevaient leur poitrine ; enfin, elles se mettaient à cracher du sang et une bile sombre. Elles finissaient par s'épuiser, s'allongeaient là où elles se trouvaient et mouraient dans un flot d'humeurs et de sanies. Ce n'est qu'à ce moment que le brouillard verdâtre quittait le corps qu'il avait martyrisé.

Quant à moi, il ne faisait aucun doute que le bruvert était une manifestation d'exaspération des esprits de la nature contre les hommes qui voulaient les détruire. Je pressentais qu'à un moment ou à un autre ma conviction serait renforcée : les esprits desmondes du dessous et ceux du dessus n'avaient trouvé que ce moyen pour arrêter la démesure humaine. Lorsqu'ils seraient apaisés, ils ordonneraient au bruvert de se dissiper. Ce qui me confortait dans cette idée d'intervention des forces surnaturelles, c'est la manière dont mon rémora assurait ma protection.

En sortant de la domus alba, il m'avait guidé jusqu'à la gare. À Angers, j'avais été assaillie par un nuage verdâtre. J'avais voulu m'enfuir ; mais mon pilote m'avait contraint à rester sur place. Je ne pouvais plus faire un geste et le nuage vert s'était posé sur ma tête qu'il avait enveloppée.

Je ne voyais plus rien et je retenais mon souffle, jusqu'à l'extrême limite. Très étrangement, j'ai éprouvé un sentiment de caresse sous mon pied gauche, un frôlement qui occasionnait un chatouillis. Alors que je n'avais guère le cœur à rire, je n'ai pas pu résister et je me suis esclaffée. Le bruvert est entré dans mes poumons et j'ai cru que j'allais suffoquer. Il n'en a rien été. Au contraire, j'ai pu contrôler mon souffle et quand j'ai expiré, la brume verte s'est échappée de ma bouche et de mes narines. Elle s'est élevée au-dessus de ma tête et s'est dissipée. Sous mon pied, le rémora frétillait. Il a prisson temps pour m'amener à la porte d'une association qui m'a prise en charge. Puis, il s'est fait discret. En attendant qu'il se manifeste à nouveau, j'ai essayé de donner dusens à ce qui m'arrivait. Tout ce dont j'étais certaine, c'est que mon rémora me reconduirait à la porte de la domus, dans un mois, dans un an ou plus tard.

Quand les autorités militaires en charge de la sécurité et du maintien de l'ordre ont constaté ma résistance au brouillard, elles m'ont confié différentes missions. Nous étions quelques-unes, toutes des femmes, qui, pour des raisons que nous ignorions, avaient été épargnées par les nuages verts. Quand un voile se tenait au-dessus de nos têtes, il planait un instant avant de s'éloigner au plus vite. Parmi toutes les tâches qui m'incombaient, la plus facile était celle consistant à porter la nourriture, les médicaments et la presse aux personnes les plus fragiles. Parfois j'accompagnais lesplus désespérés en prononçant des paroles de réconfort et en les contraignant à revêtir leur tenue de protection. Je leur prodiguais des conseils sur la conduite à tenir en cas d'attaque de bruvert.

Ce qui m'était pénible, c'était, au soir, de rassembler les corps des victimes pour les transporter au crématorium. Je conduisais lentement un van blanc et noir et je devais signaler mon passage par cinq coups de klaxon : un long, trois brefs, un long. Les véhicules, lancés à pleine vitesse ralentissaient au signal sonore pour me laisser passer avec déférence. Je traversais la ville pour atteindre la périphérie. C'est là que les fours d'une usine de ciment avaient été requis. Ils n'étaient jamais éteints. Les quelques femmes qui se trouvaient là racontaient les pires histoires en riant. C'était ainsi qu'on rendait le service des morts.

Cela fait trois ans que mon poisson-pilote a cessé de m'imposer les directions à prendre. Parfois, il me manque. Comme me manque la mangrove, comme me manque lesouvenir des amies et des parents dont j'ignore le sort, comme manquent, à ma courte honte, maître Jacques et madame Béatrice. Celle-ci s'était toujours montrée affectueuse,prévenante, quelque peu doucereuse, bien que ses nombreuses exigences montraient qui régissait la domus alba. Peut-être se doutait-elle que les relations que j'entretenais avec maître Jacques étaient d'une autre nature que celle du maître de maison à une domestique. S'il avait poussé plus loin son avantage, s'il me rejoignait souvent dans ma chambre sous les toits au plus fort de la nuit, il avait conservé son attitude magistrale ; ilne tolérait aucune initiative de ma part. Pire, il exigeait une soumission totale à sesdésirs et à ses ordres. Il restait le maître en toutes circonstances. Je me demande encore pour quelles raisons je continuais de rechercher sa compagnie. Parfois je me détestais quand j'attendais avec fébrilité que mon amant pénètre brusquement dans la chambre, quand madame me laissait seule et sans activité. Pourtant si je ne comprenais pas grand-chose à mon caractère, je restais assurée que des événements changeraient le cours de mon destin. Cette impression n'a pas disparu quand j'ai été chassée de la maison blanche. Sans doute quelque esprit de la nature avait un autre projet pour tout ce qui me concernait.

J'ignore comment il s'y prend ; mais mon poisson me conduit où il le souhaite. Quand je me suis retrouvée le dos à la grille du domaine, il m'a semblé que mes jambes avançaient au hasard alors qu'elles me conduisaient à la gare. Depuis ce temps, le rémora n'a cessé de me diriger. Après plus de trois années d'errance, il m'a ramenée au domaine de maître Sorel. J'ai su que j'étais de retour et comment j'allais m'y prendre. Mon poisson-pilote m'a accompagnée jusqu'à l'allée qui conduit à la maison blanche ;il s'est enfoncé dans le sol marécageux. Il attend.

Rien n'a changé : ce sont les mêmes arbres et les mêmes statues qui bordent les allées du parc. La porte est fermée. Je soupire ; mon doigt appuie sur la sonnette. Il fait presque nuit. J'entends des pas.

Un œil m'observe à travers le judas. Entre tous, je le reconnaîtrais : il est noir. Laporte ne s'ouvre pas ; la voix de maître Jacques m'interpelle, une voix enrouée, usée :

« Amalia ? Tu es guérie ? » J'approche mes lèvres de la porte : « C'est toi qui me demandes ça ? Tu devrais savoir. Tu m'as poussé au-dehors, alors que je n'étais pas infectée. Pour ta gouverne, sache que je suis immunisée : le bruvert n'a aucun effet surmoi. Mieux, il m'évite. »

Une autre voix, celle d'une femme âgée, demande : « Qui est-ce ?

- C'est Amalia. Elle dit qu'elle n'est plus malade.

- Amalia ? Mais pourquoi rentres-tu si tard ? La nuit est tombée ; tu pourrais attrapermal ! »

La porte s'ouvre. Le carillon annonce huit heures du soir. Madame Béatrice sursaute et sourit : « Jacques, vous entendez, l'horloge fonctionne à nouveau. Il y a si longtemps qu'elle s'est arrêtée et vous avez toujours refusé de la faire réparer. »

J'avance de quelques pas. Jacques présente un visage impavide. Il règne avec calme et détermination sur son foyer comme dans son village. Tous ceux qui possèdent une terre, un immeuble, des biens, savent qu'ils le doivent au talent du notaire. Quant à Madame Béatrice, elle n'a jamais osé contester la moindre de ses décisions. J'avance et le corps du maître des lieux s'efface pour me laisser le passage. La maîtresse de maison s'élance vers moi. Elle m'étreint, recule en retenant mes mains : « Amalia, si tu savais comme je me suis inquiétée. Laisse-moi te regarder… Qu'est-ce que tu as fait ? Rien de mal, j'espère. » Tandis qu'elle rit et parle, je ne quitte pas des yeux son mari qui tient toujours le battant de la porte. On dirait qu'il hésite. Je souris. Il prend le sourire que je lui adresse comme un pacte et referme la porte. Je suis à nouveau chez moi.

Béatrice me prend par le bras et me conduit vers le salon : « Tu as vu le docteur ? Jacques, dites-moi quand Amalia est partie ? C'est vous qui l'avez accompagnée ?

- Ma chère, vous ne voyez pas que notre Amalia est harassée ? Il faut qu'elle se reposeet qu'elle se rafraîchisse. Je vais la conduire à ses appartements.

- Oh, bien sûr. Je te prie de m'excuser, mon cher petit oiseau des îles. Je suis moi aussi fatiguée. Monsieur Jacques va t'aider. Tu as des bagages ?

- Non, je les ai laissés à la consigne de la gare. Je crois qu'il reste une chemise légère, des mules et deux draps dans l'armoire. Je n'ai besoin de rien d'autre. En été, il fait très chaud dans ma chambre sous les toits.

Tout en montant les premières marches, le notaire me confie que son épouse n'a plus toute sa tête : « Tu as dû te rendre compte qu'elle a perdu la notion du temps. Ça nela gêne pas de penser que tu es partie ce matin et de croire dans la phrase suivante qu'ily a plus de trois ans que tu es absente. » Je ne réponds rien.

« Tu vois, on n'a touché à rien, depuis ton départ. Tu veux dire depuis que tu m'as mise à la porte !

- Je vois que tu me tutoies à nouveau ; c'est un bon signe.

- Ne rêve pas trop, Jacques… Tu n'as pas recruté une nouvelle domestique ?

- Tu sais bien que tu n'as jamais été une domestique.

- Pourquoi réponds-tu à des questions qu'on ne te pose pas ? Ai-je été autre chose qu'une domestique ? Non, je ne sais pas. Tu m'as mise à la porte, comme une vulgaire esclave, sans doute parce que je suis noire.

- Ce n'est pas la vérité… j'ai dû te congédier, car Béatrice devenait suspicieuse. Elle ne pouvait plus te supporter. Elle était si fragile. Et rien ne s'est arrangé : elle est parfois très loin, hors de la réalité... Maintenant, tout est possible.

- Explique-toi.

- Si Béatrice avait découvert notre liaison, elle aurait demandé le divorce. Or, la domus alba lui appartient ainsi que de nombreuses propriétés, des vignes et la champignonnièredu Saut aux loups ; c'est elle qui a des relations avec mes principaux clients et…

- … Il ne fallait pas qu'elle découvre tes incartades avec la bonne noire ; il était plus simple de me jeter dehors… Tu savais que j'allais revenir ?

- J'imaginais que j'aurais de tes nouvelles et que nous pourrions…

- … de nouveau coucher ensemble ?

- Je crois que Béatrice a besoin de toi. Je suppose qu'elle a des choses à te dire. Tu devrais descendre. »

Je prends le temps de rejoindre dame « Béate » qui m'attend, figée au pied de l'escalier ; c'est vrai que sa santé s'est dégradée. Elle fixe les marches en pierre sans les voir. Je souris : le surnom que je viens de lui donner lui va comme un gant. Il y a longtemps que la haine me ronge, une haine d'autant plus farouche contre elle qui se confiait à moi, qui me prenait dans ses bras en m'appelant : « son petit oiseau des îles ». Toute cette haine m'a obsédée. Elle ne s'est apaisée que lorsque j'ai su comment ma vengeance allait s'exercer. Merci au poisson-pilote qui a orienté ma réflexion ! Est-ce que la Béate a vraiment cru que j'avais les yeux rouges, que j'allais suffoquer, cracher de la bile noire ? Est-ce qu'elle a cru que j'étais atteinte par le bruvert ? Est-ce qu'elle a porté la combinaison de caoutchouc et les lunettes de protection, le temps qu'on stérilisela domus alba ? J'entends encore ses mots prononcés avec ce ton doucereux qu'elle affectait quand elle dispensait « ses conseils de bon sens » : « Mademoiselle Amalia, vous devez quitter cette maison. Mon mari va vous trouver une place dans une clinique… Je prendrai de vos nouvelles. » Ainsi je n'étais plus que Mademoiselle Amalia ; j'avais cessé d'être « son petit oiseau des îles ».

Maintenant, elle est posée là à contempler un néant qui l'attend. Le désir me prend de la frapper. Pourtant à la voir ainsi diminuée, je suis attendrie ; j'ai du mal à me réjouir et à rester en sa présence. Je me retourne et remonte les escaliers ; si quelqu'un doit subir ma vengeance, c'est bien Jacques, le détestable maître Jacques ! Ce Jacques- là a su écarter sa femme et sa maîtresse pour protéger ses propres intérêts. Il tourne les yeux vers moi :

« Ça faisait bien longtemps que je n'étais monté dans cette chambre.

- Ne sois pas nostalgique.

- Nous étions si proches.

- Nous ? Tu veux dire Béatrice et toi. Tellement proches que tu as préféré…

-Tout ça, c'est le passé.

- Pas facile d'oublier quand je n'ai pas pu entrer par une porte qu'on a referméedéfinitivement sur moi… et sur l'enfant que je portais.

- Amalia ! Que dis-tu ? »

C'est madame Béatrice qui crie dans mon dos et qui ajoute, d'une voix radoucie : « Tu attendais un enfant quand Jacques t'a chassée ? »

On dirait que la maîtresse des lieux a retrouvé la mémoire et la lucidité. Elle est montée jusqu'à ma chambre sous les toits et n'est plus aussi prostrée qu'elle l'était au rez-de-chaussée. L'altitude lui fait du bien. Elle passe ses mains sur ses joues, comme pour se débarrasser des maux qu'elle a accumulés. Elle tourne la tête vers son mari :

« C'est ta faute, maudit porc ! Tu crois que j'aurais été jalouse au point de chasser Amalia ? Mais je savais bien ce qui se passait sous les toits. Et toi, stupide femelle noire, pourquoi n'as-tu pas révélé ta grossesse ? J'aurais empêché cet imbécile de te mettre à la porte. Nous aurions eu notre enfant à nous trois. »

Maître Sorel paraît surpris : « Tu aurais accepté l'enfant d'Amalia ?

- Mais certainement, nous avons besoin d'un héritier. »

Je considère Béatrice. Je ne comprends pas cette femme. Perverse ou charitable, idiote ou machiavélique, malade ou feignant de l'être ? Là-bas, dans le marécage, le rémora s'agite. Toute cette histoire à cause d'un malentendu ?

Mes yeux se posent sur l'un et l'autre : « Je vous connais, tous les deux. Vous auriez adopté celui qui aurait porté votre nom, même un petit garçon « café au lait », et vous vous seriez débarrassés de la mère. C'est un garçon, n'est-ce pas ? C'est un garçon, tu entends, Jacques. Amalia nous a fait un petit garçon ! Où est-il ? Dépêche-toi d'aller le chercher ! Tu es venue pour nous le présenter, non ? »

Béatrice exulte. Elle tient mes mains dans les siennes. Elle les presse et me pousse dans les escaliers. Jacques la retient : « Béatrice, je crois que la mère de notre enfant veut avoir l'assurance que nous ne la mettrons pas à la porte.

- On te jure que tu resteras autant que tu voudras avec nous. Va chercher notre garçon ! » Elle m'entraîne avec elle vers le rez-de-chaussée.

Le poisson-pilote m'a rejointe. Il frétille sous le plancher et me souffle les mots :

« Il arrive bientôt. Demain vous le verrez. C'est quelqu'un de confiance qui l'accompagnera.

- Et pourquoi tu ne l'as pas amené avec toi ?

- Je devais m'assurer auparavant que vous l'accepteriez. Je dois dire que je suis assez surprise par votre réaction. Mais je la comprends.

Demain sera jour de fête. »

Alors que j'ouvre la porte de la bibliothèque, j'entends Béatrice qui s'inquiète :

« Et comment est-il ? Il doit être grand. Voyons, il doit avoir trois ans. Est-il en bonne santé ? Tu l'as bien nourri au moins ?

- Béatrice, laisse Amalia en paix.

- Bien sûr, bien sûr. Mais je te connais, Jacques, je voudrais qu'Amalia se sente à l'aiseet qu'elle soit assurée que son fils sera bien accueilli. Au fait comment s'appelle-t-il ?

- Heupide, c'est son nom.

- Ce n'est pas ordinaire. On dirait un nom grec. Quelque chose comme Euripide. N'est-ce pas Amalia ?

- C'est possible. Je n'en sais rien. Ce nom s'est imposé à moi, par l'intermédiaire durémora.

- Le rémora ? Qu'est-ce que c'est que cette histoire ? Quel rapport avec le nom debaptême de notre fils ?

- C'est son parrain, en quelque sorte. En attendant Heupide, allons-nous reposer.Demain est un grand jour, peut-être le dernier où j'aurai à souffrir.

- Amalia, tu peux en être sûre. Demain est un autre jour. Pour toi, pour nous, pour Heupide. Jacques, quelle joie de nous retrouver ! Allons tous nous coucher. »

Maître Jacques et sa dame Béatrice se sont retirés dans leurs appartementsrespectifs. Je suis montée dans ma chambre. J'ai toujours aimé observer le confluent de la Vienne et de la Loire depuis le petit balcon qui fait face à l'île au Than. Le fleuve est tranquille, même si des nuages lourds de bruvert éclairent la nuit d'une nuance verdâtre.Vers Caudes Saint-Martin tout est noir, alors qu'on aperçoit la tour pointue du château. La chaleur est oppressante. J'adore. Je reste un long moment à contempler le spectacle d'une nuit d'orage à venir.

Quand je ferme la fenêtre, je retrouve mes préoccupations.

Je me doute que le couple a du mal à trouver le sommeil. Il est presque trois heures. Je remue les doigts de mes pieds et je réveille mon rémora. Je le sens qui retient la masse de mon corps afin d'amortir mes pas dans les escaliers. Je descends vers la cave. Je reconnais si bien les lieux que j'ouvre les portes dans l'obscurité, j'évite les obstacles et j'atteins le mur et le vasistas du soupirail. Je le tire afin qu'il bascule vers moi. Je reconnais le paquet de linge qui enveloppe mon petit garçon. Délicatement, je l'amène contre ma poitrine. Il dort encore. Les effets du Théralène, un sédatif léger, ne sont pas encore dissipés. Je passe un linge humide sur son visage. Je le prends dans mes bras. Tandis que je remontede la cave, Heupide s'éveille. Je le dépose au sol, le hisse sur ses pieds. Je sens lerémora qui me quitte pour se tenir auprès mon fils. C'est lui qui me précède, monte les marches jusqu'au second étage. Le poisson-pilote s'arrête face à la porte de la chambre de Jacques ; il revient sous mes pieds. Il me place derrière Heupide. Je frappe doucement. Une voix demande : « Qui est là ? » Je réponds : « C'est ton fils. » J'entendsdu bruit. La porte s'ouvre. Le père se penche sur la silhouette du bambin qui jette ses bras autour de son cou. Il va pour l'embrasser ; mais il recule de plusieurs pas avant de s'effacer dans l'obscurité. L'enfant se tourne vers moi. Je souris. J'ai ma vengeance.

Les yeux rouges d'Heupide suivent l'ombre de son père qui s'est réfugié derrièrele lit. Un nuage vert l'a suivi ; il se pose sur sa tête. J'entends la plainte que pousse maître Jacques. Je souris en pensant que le bruvert qui n'était pas sorti par la porte est quand même rentré par la fenêtre.

L'antre du malheur

Leila Wind

— Arrête Eugène, arrête s'il te plaît !

Je crie de toutes mes forces, mais les coups continuent de pleuvoir sur mon visage.

Oh, ce n'est pas la première fois ! Depuis notre mariage, il y a cinq ans, il ne se passe pas une semaine sans qu'Eugène me frappe sous l'effet de l'alcool. Pourtant, je fais tout mon possible pour le rendre heureux, mais il suffit de peu pour que les claques tombent. Lorsqu'il rentre, ivre, tard le soir, je sais que je dois me préparer à ça. Peut-être est-ce normal ? Je ne pense pas, à vrai dire, je n'ai connu aucun modèle de couple. Mes parents sont morts alors que j'étais très jeune et les bonnes sœurs de l'assistance publique n'étaient pas tendres quand il s'agissait de nous corriger.

Eugène reste l'unique homme que j'ai rencontré et le seul qui ait bien voulu de moi. Plus âgé et beau parleur, il m'inspirait alors une profonde bienveillance. Aujourd'hui, je me rends compte de mon aveuglement...

Le sang coule de ma lèvre tuméfiée. Qu'est-ce que ce sera demain ? Une fracture ? Une côte fêlée ? Un énorme coquard comme l'autre fois ?

Quel mensonge devrais-je encore inventer lorsque j'irais au village ?

Avec le temps, je suis passée maître dans l'art de la dissimulation, personne ne doit savoir. Les gens me regardent avec un œil curieux et j'ai fini par m'y habituer. Je ne suis pas si malheureuse après tout, je possède une maison et un mari que j'aime. On m'a enseigné à devenir une femme au foyer et à satisfaire mon époux, mais je n'ai jamais appris à me protéger de cette violence qui me fait tant souffrir...

Ses yeux injectés de sang me dévisagent d'un air haineux. Qu'ai-je donc fait de mal ? Quelle est la raison d'une telle sanction ? Chez les bonnes sœurs, je savais pourquoi on me frappait, avec Eugène, il n'y a aucune explication, il en a besoin, c'est tout.

Alors, j'implore, prie pour qu'il cesse. Parfois, il renonce, épuisé, puis part se coucher... Mais ce soir, il continue et cogne de plus belle.

Il reste sourd à mes plaintes et à mes gémissements. J'ai peur, j'ai mal.

—Eugène arrête, je t'en supplie...

— Ferme ta gueule ! hurle-t-il.

Ses mains, autrefois, objet de caresses s'abattent sur mon corps désarticulé avec une force sans précédent. Je sens l'os de mon nez craquer, une souffrance profonde me paralyse et je glisse sur le sol comme une poupée de porcelaine.

Brisée, meurtrie, ma tête frappe contre le coin de la grande table qui se fracasse dans un vacarme assourdissant. Plus aucune larme ne coule de mes yeux, je suis épuisée...

La douleur disparaît peu à peu... C'est bien étrange d'ailleurs, car d'habitude elle reste là, tapie dans l'ombre de mon corps. Une souffrance qui me rappelle sans cesse la fausse couche de 1949, il y a deux ans déjà...

Ma vue se trouble, je distingue Eugène me fixant d'un air froid et implacable, puis je m'assoupis, terrassée par les coups...

Je ne sais pas comment je suis arrivée dans mon lit, mais Eugène dort à poings fermés. Je me précipite dans la cuisine pour y nettoyer les dégâts de la veille, mais il ne subsiste plus aucun vestige de cette maudite soirée.

C'est vraiment bizarre d'ailleurs, cela ne ressemble pas du tout à Eugène de faire le ménage. Il n'y a absolument rien, la table cassée a disparu, les traces de sang aussi. Comme si rien ne s'était passé, la maison m'apparaît propre comme un sou neuf.

Je me faufile dans la salle de bains et y découvre les ecchymoses parsemant mon corps de leurs teintes bleutées. Mon reflet n'est plus celui d'avant. À force de recevoir des claques, j'ai l'impression de vieillir plus vite. Alors que j'ai à peine trente ans, je ressemble à un mort-vivant. Mes cheveux jadis d'un blond lumineux se sont mués en une masse hideuse et terne, mes yeux bleus, gonflés par le poids de cet amour malsain se sont ornés de cernes d'une couleur noirâtre. Mon corps accuse le coup ou plutôt les coups, mais je me trouve étonnamment en forme. En effet, je ne ressens aucune douleur... Je dirais même que je me sens bien, forte et pleine de vie.

J'ai dû dormir longtemps pour être déjà sur pieds. Eugène s'est sûrement senti coupable et a pris soin de moi de se faire pardonner. D'habitude, il m'offre des fleurs, des roses, mes préférées, puis s'excuse en me promettant de ne plus recommencer. J'accepte naïvement ses remords et le quotidien reprend son cours... Jusqu'à la prochaine "correction" d'Eugène.

Étrangement, mon esprit semble avoir été happé dans un trou noir. Je n'ai aucun souvenir de ce qu'il s'est passé depuis cette soirée agitée. Tout demeure confus dans ma tête et j'avance dans un brouillard englobant tout mon être.

Alors qu'Eugène dort paisiblement, je m'approche de lui et me glisse sous les draps. Ne parvenant pas à trouver le sommeil, je caresse son bras, mais sa peau se mue en chair de poule. Je pose ma main contre la sienne et il se met à gesticuler, bougonne, gêné par le contact. Je lui demande :

— Eugène, ça va ?

Il marmonne, évasif.

— Laisse-moi...

Son souffle forme une brume glacée, son poil se hérisse, il se réveille en tremblant comme une feuille. Son visage blême émane d'une terreur que je ne lui connaissais pas.

Que lui arrive-t-il ? A-t-il peur de moi maintenant ? Lui, mari et bourreau, serait-il angoissé par sa pauvre épouse ?

Les premiers rayons du soleil baignent la chambre de leur lumière, Eugène se lève sans m'adresser la parole. Enfilant son pantalon, sa chemise et ses bretelles, il détourne le regard. Il coiffe soigneusement ses cheveux noirs, met son chapeau puis part dans l'aurore glaciale, me laissant totalement isolée dans la maison. Je sens mon cœur anéanti se décomposer. Mille questions me traversent l'esprit. A-t-il une maîtresse ? Va-t-il me quitter ?

Qui suis-je vraiment ? Une femme, parmi tant d'autres, invisible aux yeux de son mari, désespérément seule et malheureuse. Le défouloir d'un homme brisé par la guerre, aveuglé par l'alcool et la violence qui coule dans ses veines. Quel est mon tort à part d'être née femme ? Sa femme.

Je me demande parfois s'il m'a réellement aimé un jour. Pourtant il y a quelques années, j'étais heureuse, ou du moins je le croyais. Il me disait que j'étais belle, et je buvais ses paroles comme de l'eau fraîche. La petite orpheline avait réussi à passer la bague au doigt du séduisant Eugène. Soldat rescapé, reconverti en civil, travailleur et propriétaire, les autres filles me jalousaient. Quelle chance, tu as ! clamaient-elles. Si elles savaient... Personne ne se doute de ce qui se trame derrière la porte.

Je me souviens de notre rencontre sur la place du village. Si le coup de foudre existe, je crois que nous l'avons eu en ce jour de mai 1946. La guerre finie, le renouveau s'installait dans nos cœurs. Il m'avait promis d'être un bon mari, de me chérir pour le meilleur et pour le pire. À présent que j'ai goûté au pire, j'attends le meilleur. Le jour où la première claque est tombée, j'ai hurlé, puis j'ai cessé de broncher. Il me rabaissait et m'insultait comme une moins que rien. Après cinq ans de mariage, je suis devenue l'ombre de moi-même, soumise et terrifiée. Mon espoir de bonheur s'est enfui comme toutes ses belles paroles envolées. Je ne le haïssais guère, mais au fil du temps, il faut avouer que nous n'étions plus les mêmes.

J'étais fatiguée. Épuisée par ces longues journées où je ne savais pas sur quel pied danser, je sombrais dans le désarroi. Qu'allais-je recevoir quand il sera rentré ? Des baisers ou des claques dans la figure ? J'ai tout essayé pour le rendre heureux, le "manuel de la bonne épouse " est même devenu, un temps, mon livre de chevet.

Derrière la fenêtre, j'observe cet homme que j'ai tant aimé et que j'aime encore malgré moi. Il charge le coffre de la voiture d'une masse informe enroulée dans de la toile de jute. Je discerne des taches de sang. À coup sûr, il a percuté un animal sur la route hier soir, c'est peut-être cela qui l'a rendu si furieux. Eugène chérit sa Panhard héritée de son père comme un enfant et lustre ses chromes avec ferveur tous les dimanches matins. Je m'approche de la vitre, mais ne parviens pas à distinguer l'avant de la voiture, de plus, le regard menaçant d'Eugène me coupe toute envie de le questionner. Il prend une pelle et une pioche, démarre et disparaît dans la plaine bourguignonne.

Eugène n'est pas rentré depuis plusieurs jours, deux... trois... Je ne sais plus. Je perds la notion du temps et crois devenir folle. Peut-être le coup reçu sur la tête a-t-il provoqué plus de dégâts qu'il n'y paraît. Je ne dors plus, ne mange plus et passe des heures à errer sans but dans cette vieille demeure banale devenue l'antre du malheur.

Tout d'un coup, un grincement se fait entendre. La maison demeure ancienne, les bruits sont monnaie courante ici. Eugène dit souvent que c'est le bois qui travaille.

Cette fois-ci, le son me trouble, il ne m'est pas familier. Inquiète, je m'approche dans la pénombre du couloir. Il me paraît distinguer une silhouette évanescente. Elle ne se révèle pas hostile, alors j'avance lentement de quelques pas.

—Lucie...

Une voix venant d'outre-tombe prononce mon prénom, je frémis de peur et cours m'enfermer dans la chambre.

Ce n'est pas possible, je dois faire un cauchemar. Je me réveillerai en sueur dans mon lit dans peu de temps... Mais je ne dors pas. Bel et bien éveillée, je tremble de tous mes membres, effrayée par cette rencontre.

Eugène rentre enfin, je m'empresse de lui raconter l'étrange phénomène.

— Je crois qu'il y a quelque chose de bizarre ici.

Il continue de m'ignorer.

—Eugène, écoute-moi ! J'ai vu un truc ...

En allumant le poste TSF, il se sert un verre de whisky qu'il avale d'un trait, puis deux verres, puis trois...

Furieuse, mais angoissée par ses réactions en dent de scie, je me réfugie dans la cuisine en pleurant.

Plus le temps passe, plus les phénomènes s'accentuent. Des ombres et des halos lumineux me suivent de temps à autre. Parfois, je crois discerner des silhouettes fantomatiques dans les recoins du salon. La voix chuchote sans cesse à mon oreille.

— Viens Lucie, viens avec nous…

Je suis en train de devenir cinglée, bonne à finir enfermée à l'asile.

En proie à une inquiétude obsédante dont je ne parviens pas à me libérer. Les jambes tremblantes, comme du coton, j'implore le Bon Dieu de m'aider. Malgré mes prières et mes supplications, les ombres restent là, tapies dans le noir. Qui sont-elles ? Que me veulent-elles ? Sont-elles réelles ou bien sont-elles le fruit de mon imagination ?

Je fixe le crucifix sur le mur du salon, prends mon chapelet dans les mains et prie avec ferveur tous les saints de venir à mon secours.

La maison me paraît de plus en plus étrange, j'ai l'impression de ne plus pouvoir rien faire, de tourner en rond comme un prisonnier dans sa cellule. Je m'attelle aux tâches ménagères avec tristesse. Comme figée dans un espace-temps indescriptible, j'attends le retour d'Eugène tel un chien guettant son maître. Mon esprit torturé devient la proie de visions inexplicables. Je sursaute lorsque les voix des murs m'appellent. Des lumières dorées m'invitent à les toucher, je n'ose pas. Que se passerait-il ensuite ?

Je dois me rendre à l'évidence, même si elle reste difficile à accepter, ces voix sont réelles, ces choses me veulent. Elles ne me semblent pas malfaisantes, mais je ne comprends pas pourquoi cela m'arrive. Mon éducation catholique n'ayant donné aucune place aux élucubrations paranormales, je patiente en cherchant une explication logique et rationnelle.

Eugène rentre enfin et ne m'adresse toujours pas la parole. Excédée, je clame :

— Regarde-moi enfin ! Où étais-tu ?

Il ne hausse même pas un sourcil, sourd à mes plaintes. Ce mutisme nous était déjà arrivé. Après ma fausse couche, il ne m'a plus parlé pendant deux bonnes semaines... Si seulement, nous pouvions juste discuter.

Une voiture se gare devant la maison, c'est le vieux Roger, l'épicier du village. Il a ramené des victuailles lors de sa tournée dans la campagne. Curieuse, cachée derrière la porte. J'irais bien le saluer, mais avec ce visage tuméfié, je n'ose pas croiser le regard de quelqu'un. J'écoute leur conversation et souhaiterais plutôt être sourde que d'entendre les mots sortant de la bouche d'Eugène.

— Comment va Lucie ? Ça fait un bail qu'on ne l'a pas vu, demande le vieux Roger.

— Elle va très bien, mais elle est partie il y a quelques jours.

— Partie ?

— Oui, elle m'a quitté si c'est ça que vous voulez savoir ! Bon, combien vous dois-je ?

Eugène raconte des sottises. L'épicier est bavard, tout le village va bientôt croire que j'ai déserté le domicile conjugal.

Pourquoi ment-il de la sorte ? Je suis là, je ne l'ai pas quitté ! Aurait-il perdu l'esprit lui aussi ?

Plus le temps s'écoule, plus l'impression d'être transparente me glace d'effroi. Nous sommes devenus deux étrangers sous le même toit. La communication rompue, nous nous croisons sans échanger un seul regard. Cette maison, jadis temple de notre couple, ne m'évoque que douleur et mensonge. J'erre dans les pièces en quête de son attention, croyant encore naïvement à son amour. Seul témoin de notre passé, notre photo de mariage gît fièrement sur le rebord de la cheminée. Ah que nous étions beaux et heureux ce jour-là ! J'ai le sentiment que cela fait une éternité...

Peu à peu, je sombre dans la démence. Des ombres malsaines semblent vouloir m'accaparer tandis que des lueurs nacrées m'invitent à les suivre. Si j'en parlais, je suis sûre que personne ne me croirait.

Que se passe-t-il donc ici ? Tout comme Eugène, je ne crois pas aux revenants. Alors quelle est donc la source de ces étranges phénomènes ?

Suis-je victime d'une maladie mentale ? Sommes-nous vraiment hantés ?

La nuit tombe vite en cette saison, l'hiver de cette année 1951 s'annonce rude à ce qu'il parait. J'ai mis un disque d'Yves Montant et je m'assois dans le rocking-chair, contemplant les flammes crépiter dans la cheminée, en attentant le retour d'Eugène. Les premières notes des "Feuilles mortes" résonnent dans le salon et je somnole paisiblement lorsque j'entends la porte s'ouvrir.

Eugène observe la pièce, son visage se décompose, ses yeux s'écarquillent comme s'il avait vu le diable en personne. Tout son être transpire d'effroi. Un cri rauque sort de sa bouche. Il se précipite pour éteindre le tourne-disque et court s'enfermer dans la chambre. Hébétée par cette vision, je le suis et tente de comprendre la raison de son épouvante. Je frappe à la porte, mais il hurle de plus belle. Peut-être est-il encore ivre, en proie à un délire incohérent...

Des murmures, des chuchotements résonnent dans les murs. Je mets mes mains sur les oreilles pour ne plus les entendre, mais je les distingue toujours. Je ne peux trouver le sommeil. Il faut que je quitte cette maison. Oui, il le faut sinon je cours à ma perte. Bientôt, je prendrais ma valise et le peu d'affaires que je possède : quelques robes, un manteau, mes chaussures, mes sous-vêtements et mes bas de laine.

Alors, je le quitterais pour de bon et partirais... Sûrement à l'hospice, requérir le gîte et le couvert avant de recommencer une nouvelle vie. Je ferais soigner ces vilaines blessures et tout ira bien... Enfin. Enchantée par cette idée, je souris en dessinant mes lèvres de rouge carmin.

Au petit matin, une voix bien réelle me sort de la torpeur de cette nuit tourmentée. Je n'arrive à distinguer que les bribes d'une conversation entre mon mari et une vieille femme mystérieuse...

Eugène semble demander de l'aide à cette dame, il parle de "phénomènes étranges", de coups, de musique et d'objets qui déplacent tout seuls...

Je me souviens de l'endroit où j'ai vu cette femme. L'an dernier, à la foire de Dijon. Ce visage ridé... Ce fichu à carreaux... C'est Mauricette, une rebouteuse presque aveugle. Elle est connue dans le coin pour lire l'avenir dans les cartes, soigner les rages de dents avec des plantes et chasser les démons. Oui c'est elle ! Certains disent qu'elle avait perdu la raison depuis la mort de ses fils à la guerre, d'autres pensent qu'elle a vraiment un don.

Je suis rassurée, même si je n'ai pas observé toutes ces choses, au moins je ne suis pas folle. Eugène est lui aussi témoin de faits absurdes et inexplicables dans la maison. La vieille femme entre chez nous, je la salue. Eugène déclare :

— Voilà, euh... C'est ici.

Elle s'avance, s'aidant de sa canne en ne prononçant aucun mot.

— Est-ce que vous ressentez quelque chose ?

Esquissant un sourire, il ajoute :

— Vous savez, je ne crois aux fantômes et à tous ces trucs... Mais c'est assez bizarre ce qu'il se passe ici parfois, alors je me disais que peut être...

— Quelqu'un est-il mort ici ? demande-t-elle.

— Non, pas à ma connaissance, répond-il l'air dubitatif.

J'acquiesce. À vrai dire, je ne connais pas le passé du lieu, mais je n'ai jamais entendu parler d'un quelconque décès.

— Chut ! s'exclama Mauricette.

— Qui y' a-t-il ? C'est un démon n'est-ce pas ?

— Monsieur Chardonnet, nul démon ne hante votre maison, mais il y a bien une entité...

Elle parcourt lentement le rez-de-chaussée, pressant son chapelet contre son torse.

Je lui demande alors :

— Madame, quelle est cette entité ? Nous veut-elle du mal ? Que désire-t-elle d'après vous ?

Elle se tourne vers moi, ses yeux gris voilés semblent me transpercer. D'une voix chevrotante, elle déclare :

—L'esprit est perdu, mais bientôt il trouvera la paix. Je ne peux pas vous aider, c'est à lui de découvrir son chemin. Il n'y a rien d'autre à faire qu'attendre...

— Mais enfin, vous ne pouvez pas... Je ne sais pas... Brûler des herbes, lui conjurer de quitter les lieux ?

— Non monsieur, cette âme égarée n'a pas besoin de cela. Elle partira seule le moment venu. Maintenant, je vais vous laisser, mes articulations me font souffrir.

Eugène la raccompagne en pestant. Je les vois s'éloigner du perron de la porte et me demande si ce que dit Mauricette est vrai. Si un fantôme hante réellement la maison, comment pourrais-je l'aider à partir ?

Bougre de vieille sorcière ! Elle ne sert à rien, râle-t-il, agacé. Je tente de le rassurer en lui disant d'une voix calme :

— Ce n'est pas grave, nous trouverons une solution.

Plusieurs jours après cette visite insolite, je me mets en tête de prier pour le départ de l'esprit. C'est alors qu'en allant au salon, je surprends Eugène pleurant à chaudes larmes devant la cheminée. Il contemple notre photo de mariage avec émotion. Sa voix pleine de sanglots articule difficilement :

— Lucie... Ma belle Lucie... Je suis désolé...

Étonnée par ce regain d'intérêt, je lui réponds d'un ton calme :

— Eugène... Tout va bien, je suis là, ne t'inquiète pas...

— Je vais t'offrir tes fleurs préférées, aujourd'hui c'est ton anniversaire.

—Oh, tu n'as pas oublié ? Merci ...

Il se retourne et prend les clés de la Panhard. Je lui emboîte le pas et prends place sur le siège passager. Un délicieux parfum fleuri embaume l'habitacle.

Quelle surprise ! Un bouquet de roses fraîchement coupées trône sur la banquette arrière.

Il démarre et je tente de lui parler :

— Merci pour les fleurs, mais où allons-nous ?

—....

— Eugène, réponds-moi s'il te plaît, ce silence me pèse. Nous ne pouvons pas continuer de la sorte.

—....

Je tourne la tête, frustrée et observe le paysage se dessiner derrière la vitre. Les champs labourés à perte de vue, les arbres décharnés par l'hiver et les corbeaux croassant gaiement sur les piquets de clôtures. Le clocher de l'église du village disparaît bien loin derrière nous. Je ne sais pas combien de kilomètres nous avons effectués, une bonne vingtaine sûrement.

Il gare l'auto en lisière de forêt et descend prestement. Fleurs en main, il progresse sur un sentier s'enfonçant dans le bois et bifurque entre les ronces et les feuilles mortes.

Je ne ressens plus rien, ni froid ni peur. Les branches grincent sous l'effet du vent, le silence s'installe au fur et à mesure de notre avancée. L'ambiance sinistre pourrait m'angoisser, mais il n'en est rien. Je le suis telle une ombre, comme si ma vie en dépendait.

Tout d'un coup, ses pas s'arrêtent. Sa silhouette trapue devient immobile. Je m'approche et distingue avec étonnement une motte de terre.

— Eugène, où sommes-nous ? Qu'est-ce que ...

Il s'agenouille en déposant le bouquet de roses.

Mes pensées s'entremêlent, une sensation de tournis m'envahit.

— Mais... qu'est-ce qui se passe ?

D'une voix plaintive, il déclare :

— Lucie, tu vois, je n'ai pas oublié ton anniversaire...

— Enfin, Eugène, pourquoi déposes-tu ces fleurs ici ?

Comme s'il ne m'entendait pas, il continue son monologue, les yeux rivés vers le tas de terre.

— Je suis désolé... Je ne voulais pas ça. Crois-moi, je ne souhaitais pas ta mort, c'était un accident.

Non, ce n'est pas possible, que raconte-t-il, il est devenu fou !

—Et puis, tout est devenu bizarre. Tu es peut-être toujours là, mais je dois partir loin... Je ne peux plus continuer ainsi. Un jour, quelqu'un te trouvera et je ne veux pas finir en prison, tu comprends ?

Non, non, non ... Je recule de quelques pas en portant ma main à la bouche pour étouffer un cri.

—Je ne viendrais plus sur ta tombe... Pardonne-moi.

Je m'accroupis, hagarde, et observe une pierre ornant le tombeau clandestin. Prise de torpeur, je n'ose croire ce que je vois. Non, ce n'est pas possible !

" L. C"

Lucie Chardonnet, mes initiales y sont gravées…

Table des matières

Dépôt légal 2ème semestre 2022

LiberEdition marque éditoriale de :
PGCOM Route Inthatarteak 64480 Ustaritz

www.ingramcontent.com/pod-product-compliance
Lightning Source LLC
LaVergne TN
LVHW091122150826
845673LV00002B/936